JN072063
きた
んが
3
清水《しみず》圭《けい》
「やっほー、圭、遊びに来たよ」
「……何しに来やがった」

「……お前がそこまで言うなら
この浴衣夏祭りの時に着てやってもいい」

「私に何か言うことはありませんか？」
「まあ見られたって減るもんじゃねえからいい。
でも知らない奴の脚見てたらぶっ飛ばすからな……」
清水《しみず》愛《あい》

「ん！」
お前も咥えろということだろう。

隣の席のヤンキー清水さんが髪を黒く染めてきた３

底花

角川スニーカー文庫

24148

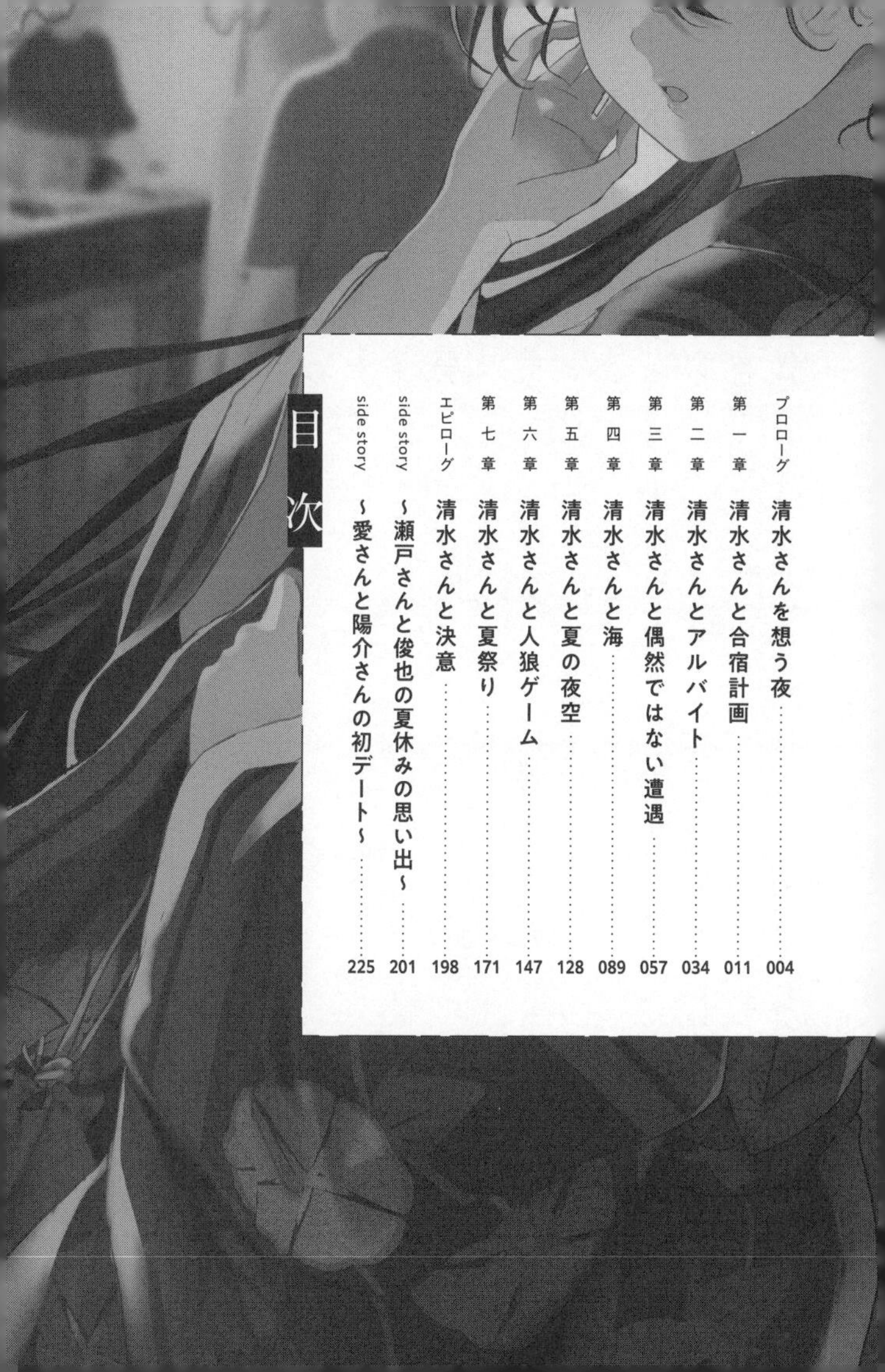

目次

プロローグ　清水さんを想う夜

「お兄ちゃんまだ起きてる？」

ドアをノックする音と共に聞こえてきたのは妹の輝乃《きの》の声だった。

「起きてるよ。どうしたの？」

「部屋に入って話をしたいんだけどいい？」

「いいけど、今日じゃないとダメ？」

今日は天体観測があったから家に帰ってくる時間が遅くなった。それに家に帰ってきてからも一悶着《ひともんちゃく》あったので今はもう十一時を過ぎている。

「今日のうちに伝えたいことと聞きたいことがあるの……」

輝乃がそこまで言うなら僕も聞いてあげたい。僕は輝乃を部屋に入れることにした。

「明日は学校だからそんなに長くは話せないけど、それでいいならいいよ」

「ありがとう、お兄ちゃん」

そう言って部屋に入ってきた輝乃の表情は、ほっとしているように見えた。

「それで伝えたいことと聞きたいことって何？」

「まず伝えたいことからでいい？」

「うん」

「お兄ちゃん……今日はごめんなさい」

そう言うのと同時に輝乃は頭を下げた。

「輝乃……」

「高校まで行って好き勝手なことを言って出て行って。みんなで楽しんでいたところを邪魔しちゃってごめんなさい」

頭を上げた輝乃はシュンとしている。家に帰ってきてから父さんと母さんにこってりと絞られたことも効いているのかもしれない。

「輝乃はもう十分に反省したでしょ。僕と清水《しみず》さんが部室に帰ってくるまでにも天文部のみんなに謝ったって湯浅《ゆあさ》先生から聞いたよ？」

「それは……そうだけど……」

「それに僕にも原因はあると思うから。輝乃、ごめんね」

「お兄ちゃん……」

視界から輝乃が消え、突然腹部に衝撃が走る。ダメージの入った箇所をとっさに確認する。どうやら輝乃が僕の腹部に抱き着いてきたようだ。危うく後ろに倒れるところだった。

「ありがとう、お兄ちゃん」

輝乃の頭をゆっくりと撫《な》でる。一時はどうなることかと思ったけど、もう心配はいらないみたいだ。僕は輝乃が落ち着くまでそのまま頭を撫で続けていた。


数分後、輝乃は僕から少し離れ、最初にいた位置まで戻っていた。

「落ち着いた、輝乃？」

「うん……急にハグしちゃってごめんね」

そう言って輝乃は、いつもならしない行動をしたから恥ずかしかったのか頬《ほお》を赤らめた。

さっきのあれはハグというよりタックルだと思うけど。まあ輝乃が満足したなら良かった。

「大丈夫だよ。それで伝えたいことは分かったけど聞きたいことってなんだったの？」

「それなんだけど……」

輝乃は僕から視線を逸《そ》らす。そんなに聞きづらい内容なのだろうか。

「なんでも聞いて。どんな質問でもちゃんと答えるから」

「ホントに？」

「うん」

「後からダメとかは、なしだよ？」

「う、うん」

なんでも答えるつもりではあるけど、そこまで言われるとちょっと怖い。輝乃は僕に一体何を聞きたいのだろうか。

「私が聞きたいのは圭《けい》お姉ちゃんのこと」

「清水さんについて？」

このタイミングで清水さんの名前が出るとは予想していなかった。今日一日だけで輝乃は清水さんに随分懐いた気がしていたけれど何が気になるのだろう。

「うん、お兄ちゃんは圭お姉ちゃんのことどう思ってるの？」

「どう思ってるか……」

輝乃の質問にどういう意図があるのか僕には分からない。ただちゃんと答えると言った以上ごまかすようなことはしたくない。

「ちょっと考えてもいい？」

「うん」

僕が清水さんをどう思っているか……。単純に関係性を述べるならクラスメイトで同じ部活に所属する部員でもあるという感じだろうか。付け加えるなら輝乃を見つけてくれた恩人でもある。でも輝乃が聞きたいことはそういうことではない気がする。更に考えていくうちにある言葉が脳内に浮かび上がった。

「……ほっとけない人かな」

「ほっとけない人？」

「前に他の人にも言ったことがあるんだけど、清水さんって優しいのに少し不器用だからつい目を向けちゃうんだよね」

「……どういうこと？」

説明が足りていなかったのかもしれない。ただどう補えばいいのか分からない。考えた末に僕は思ったままの内容を伝えることにした。

「大切な人というか、僕が大切にしたい人なんだと思う」

「それってす……」

「す？」

「な、なんでもない！　忘れて！」

「う、うん……」

輝乃は何を言おうとしていたのだろう。気にはなるけれど輝乃は話したくないようなので一旦忘れることにする。

「質問続けていい？」

「いいよ」

「お兄ちゃんって中学生の時に女の子の友達いたよね？　その人と圭お姉ちゃんに向ける気持ちって一緒？」

「……違うかな」

輝乃の言う通り僕には中学の頃に仲良くしていたクラスメイトの女の子がいた。その子に抱いていた感情と清水さんに抱いている感情はイコールでは繋《つな》げない気がする。

「どう違うの？」

「えっと、なんというか清水さんと一緒にいると自分の気持ちがたまに分からなくなるんだよね。楽しいのは確かなんだけどそれだけじゃなくて……。うまく言えないんだけど多分それが違いなんだと思う」

俊也《しゅんや》に前に相談してから何度も何度も考えてみたけれど、清水さんへの感情は未《いま》だ納得のいく言葉を見つけられないでいる。だから曖昧な答えになってしまったけど輝乃はどう思うのだろう。

「お兄ちゃん、まだ気づいてないんだ……」

そう呟《つぶや》いた輝乃は今まであまり見たことがない珍しい表情をしていた。

「輝乃？」

「な、なんでもない。そろそろ私戻るね！」

「もう質問はいいの？」

「うん、聞きたかったことは聞けたから」

立ち上がった輝乃は確かに満足そうな笑みを浮かべていた。

「それじゃあ、おやすみお兄ちゃん」

「おやすみ輝乃」

輝乃は笑顔で部屋から去っていった。

「どうして清水さんへの気持ちをうまく言葉にできないんだろう……」

照明を消してベッドに横になる。なんとなくだけど今日はすぐに眠れない気がした。

第一章　清水さんと合宿計画

「いつになったら愛《あい》と陽介《ようすけ》はここに来るんだ」

清水《しみず》さんはいつになくムッとした表情をしている。

天体観測から一週間ほど経過したある日の放課後、僕と清水さんと瀬戸《せと》さんの三人は天文部の部室に集まってほしいと愛さんから事前に連絡を受けて部室に集まっていた。

「生徒会の仕事をしてから来るから少し遅くなるとさっき連絡があった」

瀬戸さんが清水さんの疑問に簡潔に答える。

「そもそも今日集められた目的はなんなんだよ。もう天体観測も終わったし、しばらくやることなんてねえだろ」

確かに清水さんの言う通り天体観測は無事に終わり、天文部としての大きなイベントはないはずだ。愛さんは今日なんのために僕たちを呼んだのだろう。

「愛先輩が何をしようと考えているかは分からない。だけど私たちを集めたということはまた天文部全員で何かをしようとしているはず」

「……今度は何するつもりだよ」

清水さんがため息をつく。その様子を眺めていると清水さんと目が合った。

「なんだよ」

「いや、夏服も爽やかで似合ってるなと思って」

「なっ！」

清水さんが大きく目を見開く。意図せず口から出た言葉だったけど嘘《うそ》ではない。衣替えでワイシャツ姿になった清水さんに衣替え前よりも涼しい印象を受けていたのは本当だ。

「きゅ、急にそんなこと言うんじゃねえ……」

その時、部室のドアが勢いよく開いた。

「おう、揃《そろ》ってるかい皆の衆！」

その元気な声の主はうちの高校の生徒会副会長である愛さんだった。

「すまない、生徒会の仕事で遅くなった」

現生徒会長の陽介さんも少し遅れて部室に入ってきた。

「ようやく来たか。それでわざわざ天文部全員集めて何する気なんだよ」

「フッフッフ、落ち着きたまえ我が愛《いと》しの妹よ」

「人を興奮してるみたいに言うな。さっさと用件を言え」

「もう圭《けい》ったら冷たいんだから。分かりました、それでは早速ですが皆さんを集めた理由をお教えしましょう！」

「ちなみに今回は俺も愛が何をしたいのか全く聞かされてない」

陽介さんにも秘密だというならば今回の計画を知っている人物は本当に愛さんだけなのだろう。果たして愛さんは何をするつもりなのか。

愛さんはホワイトボードの前に移動してペンで文字を書いていく。ホワイトボードにはでかでかと合宿という文字が記されていた。

「今回みんなでやりたいこと、それは合宿です！」

「合宿？」

予想外の提案だったので思っていたことがそのまま口に出てしまった。

「そう！　天文部夏休み合宿！　ワーイ、パチパチパチ！」

愛さんは楽しそうに拍手をしているが、僕を含めた他の天文部員たちはそのテンションにまだついていけていない。

「あれ、みんな反応薄いね？　なにゆえ？」

「そりゃ目的も分からないのにいきなり合宿に行きたいと言われても困るだろ」

清水さんが僕の思っていたことを言葉にしてくれた。

「なるほど理解いたしました。それでは聞くも涙語るも涙なわけを聞かせてあげましょう」

「絶対泣くような内容じゃねえだろ……。まったく、簡潔に説明しろよ」

「オッケー！　まあ理由は単純で私と陽介は二学期で天文部を引退するじゃないですか？　だからその前にみんなと思い出作りがしたいの！　海に行って遊び、夏祭りに行って屋台を巡り、高校生活最後の夏休みをキラキラメモリーでいっぱいにしたいってわけです！」

愛さんがそう言い終えると部室に再び静寂が訪れる。それぞれ愛さんの話を聞いたうえで考えているようだ。

「……いいんじゃないか」

理由を聞いてから最初に口を開いたのは陽介さんだった。

「陽介！」

愛さんの表情がパアッと明るくなった。

「問題は多いと思うが楽しそうだ。それにお前は一度言い出したら聞かないからな」

「へっへっへ、陽介さんなら分かってくれると信じてましたぜ」

「両手を広げてじりじり近づいてくるな」

「おい、愛」

「なんですかマイシスター？」

愛さんが陽介さんへの進行を止め清水さんの方を向く。

「旅費はどうするつもりだ」

「旅費？」

「初めて聞いた言葉みたいな反応するな。遊び目的の合宿なら親に金を出してもらうわけにはいかねえだろ。合宿にかかる旅費はどうやって捻出するんだよ」

　確かに遊びが目的であれば、親から旅費を貰《もら》うのは難しいかもしれない。

「それは俺も気になっていた。どうする予定なんだ？」

「そ、それはですねえ……」

「……まさかお前、そこまで考えてなかったのか」

　清水さんは嘘だろとでも言いたげな表情をしている。

「それは部活の合宿代として学校から出してもらえばなんとか……」

「それはまず不可能だろうな」

「なんで!?」

「合宿する主な目的が天体観測とかならともかく、海や夏祭りを楽しむことならまず学校からの予算は出ないだろう。そもそも天文部は部になってからまだ日が浅いから、まともな理由の合宿だとしても予算が出るかどうかは怪しいが」

「ぐぬぬ……」

　愛さんはとても悔しそうな表情をしている。愛さんも生徒会に所属しているから理解はできるが納得したくないのだろう。

「それなら私と陽介が一生懸命働いて稼ぎますとも！」

「ナチュラルに俺を巻き込むな。それに今から俺たち二人で働いて夏休みまでに五人分の旅費を稼ぐのは現実的じゃない」

「うっ」

「そもそも愛も陽介も生徒会の仕事とか受験勉強があるから、そこまでバイトをする時間はとれねえだろ」

「ぐはっ」

精神的ダメージが許容量を超えたのか愛さんはスローモーションのような動きで倒れた。

「大丈夫ですか？」

「愛先輩、大丈夫？」

僕と瀬戸さんの声が聞こえたのか愛さんはゆっくり立ち上がった。

「心配してくれてありがとう大輝《だいき》君、澪《みお》ちゃん……。それに比べて圭ときたら、お姉ちゃんへの優しさはないのですか！」

「ねえよ」

「即答!?」

「それに間違ったことは言ってねえだろ。お前も陽介も時間がねえことは事実だし」

「正論は時に人を傷つける武器にもなるんだよ。それにしても私のパーフェクトプランがこんなところで崩れるなんて……」

「こんな脆《もろ》い計画のどこがパーフェクトプランだ」

「陽介〜、圭が私をいじめる〜」

愛さんが陽介さんに勢いよく抱きつく。陽介さんは一瞬ヨロッとしながらもなんとか愛さんを受け止めた。

「い、いきなり人前で抱きついてくるな！　それに圭が言うように旅費の問題をどうにかしない限り合宿計画は前には進まないぞ」

「そ、そんなぁ……」

悪い子だったから今年はサンタさん来ないぞと言われた幼児くらい、愛さんはショックを受けているように見えた。

「うう、行きたい。私、みんなと一緒に合宿に行きたいで候」

愛さんが陽介さんの胸部に顔をうずめながらも時折チラッとこちらを見てくる。

「ウソ泣きしてなんとかしようとするな」

「目から実際に涙は出てないかもしれないけど心が泣いてるの！」

「分かったからそろそろ俺から離れろ」

「むぅ……」

しぶしぶといった感じで愛さんは陽介さんを解放した。

「合宿に行きたいのは分かったが、そもそも旅費がなきゃどうにもならねえだろ」

「くっ、厳しい現実が私の前に立ちはだかる」

愛さんは本当に悔しそうだ。改めて考えてみる。僕は天文部のみんなと一緒に合宿に行きたいのか。答えは明白だった。

「あの、ちょっといいですか？」

「どうしたんだい大輝君？」

「僕も合宿にみんなで行きたいです。だから協力させてください」

「おお！　嬉《うれ》しいお言葉！」

「協力って具体的にどうするつもりだよ？」

「夏休みまでどこかでアルバイトをしようかなと思ってるよ」

愛さんや陽介さんより僕の方が時間に余裕があるからアルバイトはしやすいはずだ。

「大輝君、本当にいいのかい？」

「はい、僕も天文部のみんなともっと思い出を作りたいので」

「ありがとう大輝君……。よし、これで旅費の問題も解決……」

「いや、まだだろ」

「なんですか圭さん。もしかして嫉妬ですか？」

「違う。もう一回同じこと言ったらぶっ飛ばすからな」

清水さんは拳を固めている。愛さんは清水さんから少しだけ離れた。

「だったら何が問題だって言うんです？」

「本堂《ほんどう》だってあまりバイトしてられないだろってことだ」

「確かに本堂君も学生だからあまりアルバイトばかりするわけにはいかないと思うが……」

「そういうことじゃねえ。本堂は平日夕食を作ってんだろ。だから平日はあまり長い時間のバイトはできねえはずだ」

「そういえば前にそんなこと言ってたね」

　確かに僕は両親が仕事で忙しいので平日は夕食を作っている。ただそのことを清水さんが覚えているとは思わなかった。

「それに本堂の帰りがバイトでいつも遅くなったら輝乃《きの》が寂しがるだろ」

「あっ……」

　盲点だった。どうして気づかなかったのだろうか。夕食が遅くなるのはまだいいとしても、輝乃を不安にさせてしまうのは避けたい。

「だから本堂もバイトする時間はそこまでとれねえはずだ。そうだろ、本堂」

「……確かにそうだね」

「大輝君……」

「愛さんすみません。協力すると言ったのに……」

「いやいや、大輝君が謝る必要ないよ。協力してくれようとした気持ちが嬉しいんだから。

それにしても圭は大輝君のことよく分かってるね」

　愛さんは清水さんを見つめニヤリとした。

「そんなの本堂の話を聞いてりゃ分かるだろ！」

「そう？　少なくとも私は気づけなかったけどなぁ。大輝君はどう思う？」

「え？　清水さんは僕や輝乃のことをよく考えてくれて、やっぱり優しいなって思いました」

「なっ！」

　清水さんの顔がみるみるうちに赤みを増していく。

「大輝君から優しいと言われた圭さん、ご感想は？」

「優しくしたわけじゃねえ！　また輝乃が暴走したら面倒くさいと思っただけだ！」

「素直じゃありませんなぁ」

「う、うるせえ！　それで結局旅費はどうするつもりだよ」

「露骨に話題を逸《そ》らそうとする様子、いとキュートなり」

「でも確かに圭の言う通り旅費をどうにかしなければいけないのは事実だ」

「それは……そうなんですけどね」

　部室が静寂に包まれる。

「私も協力する」

「澪ちゃん？」

静寂を破ったのは瀬戸さんだった。

「私も先輩たちと夏休みに思い出を作りたい。だから私も頑張ってアルバイトする」

「澪ちゃん！」

「私もアルバイトすれば旅費の問題も多分解決するはず」

「お前だって図書委員の当番があるだろ？」

「それは確かにある。だけど放課後に図書当番が回ってくるのは週に多くても一回。だからアルバイトする時間は十分確保できると思う」

「むむむ……」

清水さんはなぜか悔しそうだ。再度思考を巡らせる。僕も何かできることはないだろうか。「僕も平日は難しいかもしれませんけど、休日ならアルバイトできると思います」

「それはありがたいが本当にいいのか、大輝君？」

「はい、休日なら親もいますし。輝乃に寂しい思いをさせないようにアルバイトをたくさん入れすぎないようにはしますけど」

「四人で夏休みまでアルバイトすればさすがに旅費も集まるのでは！　後輩ちゃんたちのおかげで希望が見えてきましたよ！」

自然とみんなの視線が清水さんに集まる。

「わ、私はバイトもしねえし、合宿にも行かねえからな！」

「もう強がっちゃって。いいんだよ、私もみんなと合宿に行きたいんだって言ってくれても」

「誰が言うか！」

清水さんの声が部室内に響き渡る。

「むむ、こうなったら奥の手」

なぜか愛さんが僕に近づいてきた。

「大輝君、お耳を貸してくれたまえ」

「は、はい」

言われた通りに耳を愛さんの方に近づける。

「圭の隣まで行って、一緒に合宿に行こうぜって圭に言ってちょうだいませ」

「え？　分かりました……」

なぜ清水さんの隣まで移動する必要があるのだろうと思ったけど、席を立ち指示通りに動く。愛さんもなぜか僕の後ろについてくる。

「それでは大輝君が圭に言いたいことがあるみたいです。どうぞ！」

その声と共に背中に衝撃が走った。どうやら愛さんに勢いよく背中を物理的に押されたらしい。反射的に両手を前に突き出し何かを摑《つか》みなんとか倒れずにすんだ。

「ほ、本堂……」

　声のした方に目を向ける。思っていたより近くに清水さんの顔がありドキッとする。僕の両手が摑んでいたのは清水さんの肩だった。

「ご、ごめん、清水さん」

「大輝君！　今がチャンス！　畳みかけるんだ！」

　何が何やらよく分からないけど、先ほど愛さんから聞いた内容をこのまま清水さんに伝える必要があるらしい。

「清水さん！」

「な、なんだよ」

「合宿、一緒に行こう。きっと楽しいと思うよ」

「騙《だま》されないぞ！　愛にそう言えって言われたんだろ！」

　清水さんの視線が僕の後ろにいる愛さんの方に向く。

「なんのことか皆目見当もつきませんね」

「おい、目が泳ぎまくってるぞ」

　愛さんが動揺しているのは誰がどう見ても明らかだった。このままではいけない。誤解は早く解かなければ。清水さんの肩から両手を離し、視線をまっすぐ清水さんに向ける。

「清水さん聞いて」

「何をだよ」

清水さんは先ほどより僕を警戒しているように見える。

「確かに清水さんと一緒に合宿に行きたいと言ってと愛さんにお願いされたのは事実だよ」

「……やっぱそうじゃねえか」

そう呟《つぶや》いた清水さんの表情は僕の目にはどこか寂しそうに映った。

「聞いて、清水さん。信じてもらえるか分からないけど、僕は本当に清水さんと一緒に合宿に行きたいんだ」

もう一度清水さんの目をまっすぐ見つめる。

「な、なんで私と一緒に行きたいんだよ！　別に私がいなくても合宿はできるだろ！」

「できるかもしれないけど、清水さんがいないと僕は寂しいよ。清水さんがいた方が何倍も合宿が楽しくなると思うんだよね」

「お前……」

気のせいかもしれないけど清水さんの顔が先ほどよりも少し赤みを増したように見えた。

「さすが大輝君いいこと言うね！　みんなで行くから合宿は楽しいと私も思うんですよ。圭も合宿に行く気になったでしょ？」

「私はまだそんな気にはなってねえ！」

「清水さん……」

「やめろ、本堂。そんな目で私を見るな！」

「よし効いてるぞ、大輝君！　そのつぶらな瞳で圭のメンタルをゴリゴリ削るんだ！」

清水さんと愛さんには僕が今どのように見えているのだろうか。

「多勢に無勢。だから諦めて清水さんと一緒に合宿に一緒に行こう」

瀬戸さんも清水さんと一緒に合宿に行きたいらしい。

「ほら圭、みんなと合宿行こう？　きっと楽しいことがいっぱいだぜ？」

清水さんと再び視線が合う。僕はゆっくりと頷《うなず》いた。

「……そ、そこまで言うならしょうがないからついてってやる」

清水さんはそう言って愛さんから顔を背けた。

それを見た愛さんは座っている清水さんのところに向かい勢いよくハグをした。

「やったー！　これでみんな一緒に合宿に行けるよ！」

「やかましい！　分かったから離れろ！　暑苦しいんだよ！」

清水さんが力ずくで愛さんを引き剝がした。

「圭ったら恥ずかしがり屋さんなんだから。まあこれで問題も解決したし、後はアルバイトして旅費を貯《た》めて合宿に行くだけだね！」

「いや、問題はまだあるぞ」

「何を言ってるんですか陽介さん。部員全員の合意も得たし、旅費の問題も解決しそうじゃないですか！」

「それは合宿に行くために生じる問題のほんの一部だろ。例えばアルバイト先を決めたりだとか、高校生だけで行くから全員の親御さんに合宿について説明して許可を得たりとか。他にも宿泊施設を決めたり、移動に使う公共交通機関を決めたりとやることは多いぞ」

「あばばばば……」

愛さんから笑顔が再び消失した。

「とりあえずその中でも早急に決める必要があるのはアルバイトだな。旅費をどれくらい確保できるか分からないと決められないことが多すぎる」

「そうですよね……」

「それなら任せて！」

いつの間にか復活していた愛さんが胸を叩《たた》いた。

「どうするつもりだよ？」

「私の交友関係をフル活用して、それぞれに合うアルバイトを紹介しますよ！」

「なるほど。その手があったか」

「それ、思いつきで言ってねえか？」

「いやいや、そんなことはないぜ。例えば澪ちゃんにだったら和菓子屋のアルバイトを紹介できるよ？」

「和菓子屋！」

瀬戸さんの表情はいつもと変わらないけど目が一瞬だけ輝いた気がした。

「お前、どら焼き関係ならなんでもいいのか」

「好きなものの近くで働けばモチベーションも上がる。当然のこと」

「それはいいけど商品に手を出すなよ……」

「陽介だったら……本屋さんのアルバイトとかどう？」

「瀬戸と比べて急に適当になった気がするが……。まあでも興味はあるな」

「じゃあ決定だね！　あとは圭と大輝君か……」

愛さんは腕を組んで考える姿勢をとった。

「おい、私はバイトするとは言ってねえ！」

「圭、少し耳を貸して」

そういうと愛さんは清水さんの横に素早く移動し、清水さんに何か耳打ちした。

「悪くないとは思いません？」

愛さんがいたずらっ子のような笑みを浮かべる。

「……まあそういうことならやってやってもいい」

愛さんは一体どんな条件を清水さんに提示したのだろう。そして清水さんはなぜ僕の方をチラチラ見ているのか。

「それで話を戻すけど、二人のアルバイト先どうしようかな……」

「候補がないなら自分で探しますよ？」

「いや、そういうわけじゃないんだけどちょっと条件が難しいからさ……。あっ！」

「何が閃《ひらめ》きやがったんだよ」

清水さんは何か苦いものでも食べたような表情だ。

「圭、大輝君、君たちカフェに興味はありません？」

「カフェですか？」

「そう、歌穂《かほ》さん……私の先輩がアルバイトしてるカフェがあるんだけど、人手が足りないらしいんだよね。そこなら圭と大輝君を一緒に雇ってもらえるかも！」

「なるほど……」

「あれ、お気に召してない感じ？」

「いえ、なんで僕と清水さんのアルバイト先に同じカフェを選んだのか気になって」

「理由は単純で圭が心配だから。圭は一人で抱え込む癖があるからさ。アルバイト先で圭をサポートしてくれる人が近くにいてほしいんですよ。まあ歌穂さんもいるから大丈夫だとは思うんだけどね」

確かに前に清水さんは誰にも言わず一人で先輩の待つ体育館裏に向かい、トラブルに巻き込まれたことがあった。愛さんとしては自分の目の届かない所で清水さんの身にまた何か起きないか心配なのだろう。

「心配しすぎだろ。バイトくらい誰の助けがなくたってできる」

「またそうやって強がるんだから。大輝君も圭と一緒にアルバイトできたら楽しいよね？」

「は、はい」

愛さんのキラーパスに思わず頷く。

「無理やり言わせるな。本堂も困ってるだろ」

「急に聞かれてビックリしたけど困ってはないよ。それに僕も初めてのアルバイトだから清水さんと一緒に働けたら心強いし嬉しいな」

「本堂、お前……」

「ほら、大輝君も圭とアルバイトしたいって！」

「……しょうがねえから私もそこでいい」

「決まりだね！」

「採用されるかどうかはまだ確定ではないが、一旦みんなのアルバイト先の候補が決まったのは良かったな」

「よし、それじゃあ天文部全員で合宿に向けてアルバイト頑張ろう！　えいえいおー！」

「おー」

こうして天文部は夏休み合宿に向けて活動を始めることとなったのだった。

※　※　※

「おーい、圭、開けてくだされ」

　天文部による夏休み合宿計画が始動した日の夜、そろそろ寝ようかと思っているとドアの外からノックの音と共に愛の声が聞こえてきた。無視しようかとも一瞬思ったがそれは面倒ごとを明日に回すだけである気がしたので、仕方なくドアを開けることにした。

「なんだよ」

　ドアを開けるとそこには予想通り寝巻き姿の愛が立っていた。

「ちょっとだけ私とお話をしませんか？」

「もう寝るつもりだったんだが」

「ちょっとだから！　十分、いや、十五分で終わるから！」

「延ばすんじゃねえ、まったく。十分で終わらせろよ」

「ラジャー！」

　おそらく十分では終わらないだろうと思いながら、私は愛を部屋にしぶしぶ迎え入れた。

「それで話ってなんだ？」

「それはですね……」

「もったいぶらずに早く言え」

「大輝君と同じ場所でアルバイトできそうでよかったね！」

「その話か……」

　バイトをする気がないと言った時、愛は本堂と同じバイト先で働けるようにしてあげるからバイトしようと私に耳打ちしてきたのだった。学校以外で本堂と会える機会が増えるとなれば私に断る選択肢はなかった。

「礼は言わねえからな。そもそもお前の立てた計画がガバガバだったから私たちもバイトをする羽目になったんだから」

「お礼なんていりませんとも。ただせっかくのチャンスなんだから大輝君ともっと仲良くなれるように頑張るんだよ！」

「ああ、分かってる」

「それならよし！　そのうち私も時間に余裕ができたら、圭がちゃんとアルバイトしてるか見に行くから！」

「絶対に来るんじゃねえ！」

　愛がバイト先に現れたら、どう考えてもろくなことにはならない。

「いや、絶対行くね。圭のバイト先のカフェ、制服超絶可愛《かわい》いからさ。カフェの制服姿の圭をこの目に収めなければ！」

「来たら秒で追い返すからな！」

「残念ながらアルバイトの圭さんにはそんな権限なんてございません。大人しく私の目の保養になってもらいます！」

「ぐぬぬ……」

「合宿前の楽しみが増えちまったぜ！　あれ、圭さんその構えはなんですか？」

「お前がバイト先に来る前に今ここで葬ってやる」

「ちょ、暴力反対！　ノーバイオレンス！」

結局、愛を部屋から追い出すのに成功したのは時計の針が十二時を回ってからだった。

第二章 清水さんとアルバイト

「いらっしゃいませ。何名様……でしょうか」

ドアが開きお客さんが入って来ると同時に清水《しみず》さんの声が店内に響く。

「二人です」

「二名様ですね。それではこっち……じゃねえ、こちらの席にどうぞ」

調理場からは見えないが清水さんがお客さんを空いている席に誘導しているようだ。

とある土曜日、僕と清水さんは個人経営のカフェ永兎《えいと》でアルバイトをしていた。

面接の時は採用されるか不安だったけど、僕も清水さんもすぐに雇ってもらえることになった。後から聞いた話によると土日の昼の時間帯に従業員が足りなかったそうで、休日をメインに働きたい僕にとっては渡りに船だった。

「本堂《ほんどう》、オムライスとサンドイッチを一つずつ」

「分かった」

カフェの制服に身を包んだ清水さんが調理場まで来て注文を教えてくれる。料理を普段からしていたからか僕は主に調理担当、包丁の持ち方を店長から危険視された清水さんは接客担当になった。

　アルバイトを始めておよそ三週間が経《た》ち僕は少しずつ自分の仕事に慣れてきた。休日の昼は注文が多くて忙しいけど、その時間帯には店長か他の従業員さんが手伝ってくれるのでそこまで大変だとは感じなかった。

「清水さん、オムライスとサンドイッチできたからお願い」

「おう」

　清水さんが完成した料理を持って調理場から去っていった。

「お待たせしました。オムライスとサンドイッチ……です」

　調理場まで清水さんの声が聞こえてくる。清水さんは慣れない接客に苦戦しているようだった。普段とは異なる言葉遣いを必要とするのでそこが慣れないらしい。


　二時間ほど経過し注文がまばらになってきた頃、店長が調理場に現れた。

「本堂君、落ち着いてきたから一旦休憩に入って」

「はい、分かりました」

「また後でよろしく」

　調理場を出て休憩室に向かうとそこには明らかに疲れた表情をしている清水さんがいた。

「清水さん大丈夫？」

「……ああ」

声に覇気がない。僕が清水さんを休憩室で見かける時はいつもあまり元気がないように見える。そうなるくらい接客を頑張っているのだと思う。カバーできる時はするようにしてはいるけど、僕は基本的に調理場にいることが多いのであまり力にはなれていない。

「圭《けい》ちゃんは今日も頑張っているね」

声がした休憩室の入り口に顔を向ける。

「歌穂《かほ》さん」

そこにはウルフカットが印象的な長身の女性、桜井《さくらい》歌穂さんが立っていた。

「……お前、今日のシフトにはまだ時間があるはずだろ」

「暇だったからさ。可愛《かわい》い後輩君たちの顔を見るために少し早めに来たんだよ」

「お前の後輩になった覚えはねえ」

「いやいや、圭ちゃんも大輝《だいき》君も天文部の部員でしょ？　それなら去年まで天文同好会の会長だった私にとっては二人とも可愛い後輩だよ」

歌穂さんは僕たちの二つ上の先輩だ。愛《あい》さんが前に言っていたカフェ永兎でアルバイトしている先輩というのが歌穂さんだった。歌穂さんは今年の春に大学生になってからここでアルバイトするようになったのだという。

　歌穂さんは主に接客担当で、同じ時間帯でアルバイトしている時には清水さんをいつもフォローしてくれていた。また愛さんの妹であるからか清水さんのことを猫かわいがりしており、清水さん本人からは少し苦手意識を持たれているようだった。

「それで私と本堂になんの用だ」

「そんな警戒しないで。可愛い顔なのにもったいないよ」

「お前に言われても嬉《うれ》しくねぇ」

「ガードが固いなぁ。愛なら可愛いって言えばいつも喜んでくれたのに」

「それは愛がチョロいだけだ」

「そうかな？　まあそれはいいとして、このままだと話を聞いてくれそうにないね」

「聞く理由がねぇからな」

「理由か。それならちょっと待ってね」

　そう言うと歌穂さんはどこかに行ってしまった。

　立っているのもあれなので、清水さんの対面にあるイスに腰かける。

「お疲れ様、清水さん」

「……おう」

「今日のお昼も忙しかったね」

「……そうだな」

会話が続かない。一年生の時より一緒にいる時間が増えて、前よりも清水さんとは仲良くなれたと個人的には思っている。でも最近、清水さんと二人きりになると前のような調子で話せない時がたまにある。これはなぜなのだろうか。

休憩室が沈黙に包まれていると再び歌穂さんが現れた。

「圭ちゃん、いいもの持ってきたよ」

「なんだよ……それは！」

清水さんの目の色が変わる。歌穂さんが持ってきたのはパンケーキだった。しかもただのパンケーキではない。生クリームやバニラアイスでデコレーションされたスペシャル仕様のパンケーキだった。

「店長に許可貰《もら》って作ってきたよ。圭ちゃんパンケーキ好きなんでしょ。愛に聞いたよ」

カフェ永兎では店長に許可を貰えば、従業員は休憩中ならまかないを作って食べていいことになっている。

「食い物で私を釣る気か！」

「そうだよ。このおいしそうなパンケーキの誘惑を無視できるかな？」

歌穂さんが楽しそうに笑いながらパンケーキを清水さんに近づける。

「お前……」

「ほら早くしないとアイスが溶けちゃうよ？」

「ぐぬぬ……」

清水さんの視線はパンケーキに釘付《くぎづ》けになっている。

「私の質問に答えると約束してくれたらこのパンケーキをあげるよ。さあ、どうする？」

パンケーキが好きな清水さんに対しては効果的な作戦だ。清水さんはパンケーキと十秒ほどにらめっこをした後、大きなため息をついた。

「……パンケーキに罪はねえ。だから仕方ねえから話に乗ってやる」

「それじゃあ交渉成立だね」

歌穂さんが清水さんにパンケーキを渡す。清水さんは小さな声でいただきますと言ってから小さく切ったパンケーキをフォークで口に運ぶ。その瞬間、清水さんの目がキラキラと輝いたように見えた。

「気に入ってくれたようで何よりだよ。質問はパンケーキを食べ終わってからにするからゆっくり食べてね」

清水さんはそれからパンケーキがなくなるまでの間、一言も話さずパンケーキを黙々と口に運び続けた。

「それじゃあ、約束通り私の質問に二人とも答えてもらうよ」

パンケーキが乗っていた皿を片づけて戻ってきた歌穂さんは、席に座ると開口一番そう言った。いつの間にか僕も答えることになっている。

「私たちに何を聞きたいんだよ」

「私が聞きたいのは愛と陽介《ようすけ》君についてだよ。二人の最近の様子はどうだい？」

「それくらい愛から聞いてねえのか？」

「もちろん愛からも話は聞いているよ。でも本人から聞くのと周りにいる人から聞くのでは印象がまた変わってくるからね」

清水さんは大きくため息をついてから口を開いた。

「変わらねえよ。愛が暴走してそれに陽介がいつも付き合わされてるだけだ」

「確かにそれは私が同好会にいた頃と変わらないね」

歌穂さんは手を口元に動かし笑みをこぼした。

「聞く意味あったか？」

「私としてはあったかな。それにしてもそろそろ動きがあるかもしれないと思っていたのだけれど、どうやら私の思い違いだったみたいだ」

「動きってなんのことですか？」

純粋な疑問を歌穂さんに投げかける。歌穂さんは一瞬ポカンとした表情をしていたけどすぐにまた微笑《ほほえ》んだ。

「それはもちろん……」

「おい、お前それ以上は……」

「どちらかがしびれを切らして告白をしたかなと思ってね」

告白？　告白とはあの好きな人に自分の気持ちを伝えるあの告白だろうか。

清水さんの方を確認すると歌穂さんをジロッと睨《にら》んでいた。

「お前、言いやがったな」

「ごめん、まさか知らなかったとは思わなくて」

歌穂さんが顔の前で両手を合わせる。

「嘘《うそ》つけ。本堂がさっき質問した時にはもう気づいてただろ」

「気づいてないって。信じてよ」

「信じられるか！　まったく。後で愛に謝っとけよ」

「分かったよ。本堂君もびっくりさせてごめんね」

「いえ、大丈夫です」

愛さんと陽介さんがお互いを好きなことは分かっていた。だけどそれが幼馴染《おさなな》み《じ》として なのかそれとも異性としてなのかは僕には判断がつかなかった。先ほどの反応を見るに清水さんは分かっていたようだけど。

「……コイツは鈍いから人の恋心に気づけないんだよ」

「どうやらそうみたいだね」

二人の視線が僕に集まる。本当のことなので何も言えない。

「それで質問は終わりか？」

「まあそうだね。もう一度確認するけど二人の関係性に特に変化はないんだよね？」

「ねえよ」

しつこいとでも言いたげに清水さんは眉間にしわを寄せていた。

「どうして歌穂さんは愛さんと陽介さんの関係に変化があると思ったんですか？」

歌穂さんは一瞬何か考えるしぐさをした後、再び口を開いた。

「それはそろそろタイムリミットだからだよ」

「タイムリミット？　なんのだよ？」

「二人が一緒にいられるタイムリミットだね」

「どういうことだ？　あいつらはクラスも部活も同じで、生徒会だって一緒に所属してんだぞ」

改めて聞いてみると、陽介さんと愛さんは学校の中ではずっと一緒にいるのではないかとさえ思えてくる。

「確かに今はそうだね。だけどこれから先はどうだろう？」

「これからですか？」

「そう。文化祭が終われば生徒会は引退だし、二学期の間に天文部も引退だ。これから先はあの二人が一緒にいる時間が段々減っていくんだよ」

「それは……確かにそうですね」

あまり意識してなかったけど、陽介さんも愛さんも引退の時期が迫ってきている。それは二人が一緒にいる時間がなくなっていくことでもあったのか。

「それに受験勉強もある。二人きりで会うことすら時が経つにつれて段々と難しくなっていくだろうね。そうなると気持ちを伝えるチャンスもなくなっていく。だから告白するなら今か遅くても夏休みの間までかなと思ったんだよ」

「なるほど……」

「まあそんなことは愛も陽介君も分かっていると思うけどね」

「え？」

「それならなんでアイツらは告白しないんだよ？」

僕が思っていたことを清水さんが口に出してくれた。

「それは君にも分かってるんじゃないかな？」

「分からねえから聞いてるんだろ」

歌穂さんは少し考える素振りをした後にまた口を開いた。

「愛と陽介君の双方に告白しない理由がそれぞれあると思うんだけど、共通しているのはやはり怖いんだろうね」

「陽介さんたちは何を恐れているんですか？」

「今のいや、今まで築いてきた関係が崩れることだよ」

「どういうことだよ？」

「幼い頃から長い時間一緒に過ごしてきた二人にとって、幼馴染みという関係は居心地が相当良いものなのだと思う。だからその関係性が変化することを二人とも内心恐れているんじゃないかな。あくまで私の予想だけどね」

　歌穂さんは予想だと言ったけれど、僕にはそんなに間違えていないように思えた。

「昔から変わらない強固な関係だからこそ、そこから新しい関係を作るのはとても勇気がいることなのかもしれないね」

歌穂さんのその言葉を最後に休憩室が静まった。

僕は陽介さんと愛さんの関係を理解できていなかったようだ。そんなことを思っていると休憩室に店長が現れた。

「本堂君、忙しくなってきたから少し早いけど手伝ってもらっていいかな？」

「分かりました」

　僕らが話をしているうちにまた混んできたらしい。

「じゃあ先に行ってるから準備ができたらお願いね」

　店長はそう言い残すと足早に去っていった。

「呼ばれたので戻ります。歌穂さん今日は色々教えていただいてありがとうございました」

「お礼を言う必要があるのはこっちの方だよ。私の話をまじめに聞いてくれてありがとね。楽しかったからまた機会があれば話をしよう」

「はい」

休憩室を後にして僕は再び調理場へと足を進めた。

※　※　※

「本堂君行っちゃったね」

「ああ」

「これで二人きりだね」

「ああ」

「本堂君いなくなって寂しいね」

「ああ……って別に寂しくねえよ！」

面倒だから適当に返事をしていたがそれを逆手に取られてしまった。

「そう？　私には寂しそうに見えたけどなぁ」

「寂しくねえ！　お前と二人だけになるのがだるいだけだ！」

実際に私はこの長身ウルフカット女、歌穂が苦手なのでウソは言っていない。

「まあまあそんなこと言わないで。せっかく女の子二人になったんだからガールズトークにでも花を咲かせようよ」

「誰がするか！」

席から立ちあがってドアの方に足を進める。

「どこに行くのさ」

「ここ以外のどこかだ。お前と一緒にここにいる方が疲れる」

「ひどいなぁ。悲しくて涙が出そうだよ」

「出せるもんなら出してみやがれ」

涙が出そうとか言っていた割にその顔を見れば今も笑みが浮かんでいる。

「今はちょっと涙の在庫が切れていたみたいだね。まあまあ落ち着いて。せっかくだし先輩として悩みとか聞くよ？」

「やかましいバイト先の先輩を黙らせるにはどうしたらいい？」

「恋バナとかすれば満足して静かになるかもよ」

「そんなのねえ」

「いいの？　本堂君ともっと仲良くなるにはどうしたらいいですかとか相談したくない？」

「なっ……」

当たり前だが歌穂に本堂のことを相談したことなんて一度もない。となると情報の出所として考えられるのは……。

「……愛に聞いたのか？」

「バレたか……と言いたいところだけど違うよ」

「それなら誰に聞いたんだよ」

「誰に聞いたわけでもないよ。本堂君と一緒にいる時の圭ちゃんの様子を見れば気づく人はすぐに気づくと思うな」

「適当なこと言うな」

今まで私が本堂に好意的な感情を持っていると見抜いたのは愛と瀬戸《せと》と輝乃《きの》、そして陽介くらいだ。改めて考えると多くなってきた気がする。

「いやいや、適当じゃないって。なんなら愛よりも分かりやすかったよ」

「それこそウソだろ」

「愛は陽介君を幼馴染みとして好きなのか、異性として好きなのか最初は分からなかったからね。しばらく後になってからそれらが同時に成り立っていることが分かったんだけど」

歌穂の観察眼をもってしても愛の恋心を見抜くことは難しかったようだ。

「それに比べたら圭ちゃんは確かに言葉にはあまり出さないけれど、本堂君のことを異性として好きなことは、本堂君と二人きりで話している時のあの嬉しそうな表情を見ていれば丸わかりだったね」

「ぐぬぬ……」

歌穂は先ほどから変わらず楽しそうだ。せめてもの抵抗に全身全霊で睨みつけるが効果があるようには見えない。

「本堂君は自分への好意に鈍いみたいだから、圭ちゃんはもう少し自分の気持ちを素直に伝えてもいいんじゃないかな？」

歌穂のその言葉は面白がって言っているというより、先輩として後輩の私にアドバイスをくれているように感じた。

「……余計なお世話だ」

「そうかもね。でも私は圭ちゃんが少し素直になるだけで、本堂君との関係は進むと思うんだけどなぁ」

「……お前は知らねえと思うがアイツは誰にだって優しいんだ。ただその優しさを私にも気まぐれで分けてるだけだ。アイツは私のこと別になんとも思ってねえよ」

以前、本堂に大切だと言われたことがある。その時は浮かれていたが今にして思えば大切なのは私だけではないのではないか。他のクラスメイトにも同じように言うのではないか。考えすぎかもしれないがその考えを今も私は捨てきれずにいる。

そんなことを考えていると頰《ほお》に何か触れた感覚がした。

「何するんだ！」

状況を確認したところ、どうやら歌穂に頬をつつかれていたらしい。

「元気になったみたいだね。シュンとした圭ちゃんも可愛いけどやっぱり圭ちゃんは元気な方がいいよ」

「うるせえ！」

「そんな怒らないで。頬をつついたことは謝るからさ」

「謝るなら最初からするな」

「次から気をつけるよ。とにかく圭ちゃんはもう少し自信を持っていいと思うな」

「なんの自信だ？」

「自分が本堂君に好かれてる自信だよ」

「なっ、急に何言ってんだ！」

いきなり歌穂は何を言い出すのか。

「確かに私はここでの圭ちゃんと本堂君しか知らない。だけどそれでも本堂君が圭ちゃんのこと好意的に思っているのは十分伝わってくるよ。いくら本堂君が優しくてもなんとも思ってない人と話していてあんなに楽しそうな表情なんかしないんじゃないかな」

思い当たる節がないわけではない。ただ本当にそうなのだろうか。

「気のせいだろ。もう私は先に行くぞ」

「照れちゃって本当に可愛い」

私は顔に集まる熱を暑さのせいにして休憩室を出た。

※　※　※

「やっほー、圭、遊びに来たよ」

「……何しに来やがった」

次の日の昼下がり、今日もカフェ永兎でアルバイトをしていると愛が突然来店した。

「何ってここの制服を着ている圭を見に来たんですよ！」

「もう見ただろ。帰れ」

愛の体を百八十度回転させて帰路へと追いやる。

「圭⁉　今日の私はお客様ですことよ⁉」

「だからなんだ」

「この店員さん強い！」

「そこまでにしてあげて圭ちゃん」

「歌穂さん！」

声がした方を見るとそこにはいつの間にか歌穂が立っていた。

「今日は私が愛をここに呼んだんだよ。昨日のお詫《わ》びがしたくてね」

「電話でも言ってましたけど、お詫びってなんのことですか？」

「それについては座ってから話さないかい？　休憩の許可はさっき店長から圭ちゃんの分もまとめてもらってきたから」

「なんで私まで」

「圭ちゃんとも昨日の話の続きがしたくてね。まあとりあえず一旦座ろうよ」

そう言って歌穂は私と愛を店の奥にあるテーブル席に誘導した。

「ちょっと待っててね」

私と愛が席に着いたのを確認すると歌穂は調理場の方に消えていった。

「それで圭、どうなの？」

「なんの話だ」

「とぼけちゃって、大輝君との関係は進みましたかって聞いてるんですよ！」

隣に座っている愛の脇腹を小突く。

「おい！　本堂もバイトしてるんだぞ！」

「そんな小声で言わなくても大輝君までは聞こえないって。それでどうなの？」

「……進んでねえ」

正直なところ、バイトが思っていた以上に大変で、本堂との関係を深めるどころではないのが現状だ。

「そっか。まあ圭がアルバイト頑張ってるのは大輝君も分かってると思うし、これからってことだね！」

「そうそう、ファイトだよ、圭ちゃん」

「いつの間に戻ってきたんだよ」

そこには調理場に向かったはずの歌穂が立っていた。その手にはチョコレートパフェが乗ったお盆を持っている。

「歌穂さん、そのパフェは？」

「お詫びの品といったところかな。もちろん、私のおごりだよ」

そう言って歌穂は愛の前にチョコレートパフェとスプーンを置いた。

「やったぁ！　それでお詫びって結局なんのことなんですか？」

「昨日のことなんだけど、本堂君に愛が陽介君のことを好きだと言ってしまったんだよ」

「なんだ、そんなことだったんですか。それくらい気にしなくていいのに」

「いいのかよ。勝手にバラされたんだぞ」

「まあ大輝君にならら大丈夫だよ。人に言いふらしたりするような子じゃないし」

愛は本堂のことをそれなりに信用しているらしい。

「それにしてもどうして大輝君に私が陽介を好きだって言う流れになったんですか？」

「時間がないって話をしてね」

その言葉を聞くと愛の表情が少し曇ったように見えた。

「……歌穂さんも分かってたんですね」

「その言い方だとやはり愛にも自覚はあったようだね」

「ヤバいなぁとは思ってるんですけど」

愛がチョコレートパフェをスプーンですくい口にする。

「歌穂さん、私どうすればいいですかね？」

「難しい問いだね。私から言えるのは後悔が少ないようにした方がいいってことかな」

「というと？」

「今よりも未来、一年後いやもっと後かな。その時になってあの時ああしておけばよかったなんて思っても遅いからね。今できることを精一杯やっておくのが大事だと思うんだ」

「なるほど……。よし、決めました！」

愛が人差し指を立てて腕を勢いよくあげた。

「急になんだ」

「私、夏の合宿で陽介に全力でアピールします！　そして陽介を惚《ほ》れさせてみせます！」

その愛の言葉を聞いて歌穂は優しく微笑んだ。

「愛らしくていいね。応援してるよ」

「ありがとうございます！　圭も一緒に頑張ろうね！」

「なんで私まで」

「圭だって後でこうしておけばなんて思いたくないでしょ？」

認めたくはないが確かにそうだ。私も後悔するなんてごめんだ。

「……しょうがねえ。別に協力するわけじゃねえからな」

「うん！　お互いに頑張っていこう！」

「二人ともやる気になってくれて私は嬉しいよ。二人にもう一品ずつ何かおごってあげる」

「本当ですか！　それじゃあ私はショートケーキ！」

「まだ食うのかよ」

「スイーツは別腹だからね！　すみません、店員さん！」

愛が店員を呼ぶとなぜか本堂がこちらに向かってきた。

「あれ、本堂君って料理担当じゃないの？」

「接客担当の二人が休憩に入っていたので今だけ接客を担当していたんです」

「そうだったんだ！　制服似合ってるね！」

「ありがとうございます」

「圭の制服も似合っているよね」

「おい、どさくさに紛れて何を聞いてるんだ！」

本堂が一瞬だけ愛の言葉に驚きながらも私の方を見る。

「はい、モノクロの制服が清水さんのカッコいい部分を引き立てていて、いいなと思います」

「なっ！」

「カッコいいだって、よかったね！」

顔に血が集まっている気がする。本堂はいつも私の心をかき乱す。

「それでご注文は？」

「ショートケーキとパンケーキを一つずつ」

「人の注文を勝手に決めるな」

「でもそうでしょ？」

「昨日パンケーキは食ったから私はオレンジジュースでいい」

「私の予想が外れた⁉　それじゃあショートケーキとオレンジジュースでお願いします」

「分かりました」

本堂はそう言うと再び調理場の方に戻っていった。

「愛も圭ちゃんも合宿が勝負だね。後でいい話が聞けることを期待しているよ」

「任せておいてください！」

「なんでお前に言わなくちゃ……まあいい、待っとけ」

本堂に視線を移す。私は合宿への決意を新たにするのだった。

第三章

清水さんと偶然ではない遭遇

「大輝《だいき》、試験どうだった？」

期末試験がようやく全て終了した日の放課後、アルバイトも休みなので部室に行こうと思っていると俊也《しゅんや》に声をかけられた。

「悪くはないと思う。俊也は？」

「少なくても赤点はないいな」

俊也がそう言うならそうなのだろう。俊也の試験の順位はいつも上から数えた方が早いので特に心配はしていない。

「それで何か用事でもあった？　試験のことだけ聞きに来たわけじゃないでしょ？」

「鋭いな。大輝、今日は確かバイト休みだろ？」

「うん」

「俺も部活休みだからさ。久々に恋バナしないか？」

僕はアルバイト、俊也は部活で忙しかったため、最近はなかなかゆっくり話をする時間がとれなかった。その間に俊也の恋バナをしたいという欲求も薄れたと思っていたのだけどそうではなかったらしい。

「いいけど場所移さない？」

教室にはまだ人が結構残っていた。この場で恋バナをするとさすがに誰かの耳に入ってしまう気がする。俊也と恋バナすれば話の中に百パーセント瀬戸《せと》さんが登場する。女子から人気のある俊也の好きな人が判明すれば騒ぎになるだろう。それはなんとかして避けたい。

「分かった。どこにする？」

「私いい場所知ってますぜ」

聞いたことのある声のした方に振り向くとそこには愛《あい》さんが立っていた。

「愛さん？　どうしてここに？」

「愛さん！　こんにちは！」

「俊也君、いい挨拶だね！　そして大輝君の質問に答えよう。今日は生徒会もアルバイトもなくて暇だからここまで圭《けい》を呼びに来たんだよ」

「え？　でも今日清水《しみず》さんは……」

清水さんの席を見るがやはりそこには既に清水さんはいなかった。

「そう、圭の席見てやっと気づいたんだけど、今日は圭がアルバイトの日だったんだよね。うっかりしてたぜ！」

愛さんがこつんと自分の頭を軽く叩《たた》いてウインクをした。

「それで清水さんの席の隣で話してる俺たちを見つけて話を聞いてたんですね」

「ザッツライト！」

愛さんがビシッと俊也を指差す。

「それでいい場所ってどこなんですか？」

「ふっふっふ、それは我々の部室だよ！」

確かに天文部の部室なら他の人を気にせずに下校時刻までゆっくりと話ができるだろう。

「天文部の部室って俺がお邪魔していいんですか？」

「いいよ！　俊也君は澪《みお》ちゃんと大輝君のお友達だからね！」

「それなら前から興味あったので行ってみたいです！」

「よく言った！　それじゃあ行くぞ！　ついてくるんだ！」

「はい！」

「は、はい」

僕は荷物を持って二人についていく形で教室を出た。

「それで今日の恋バナのテーマはなんだい、俊也君？」

数分後、僕たち三人は天文部の部室にいた。道中で愛さんから聞いた話によると陽介《ようすけ》さんと瀬戸さんも今日はアルバイトがあるらしい。そのため今日は部室に思わぬタイミングで人が入ってくることはなさそうだ。

「今回のテーマはズバリ夏に見たい好きな異性の格好です」

「異性の格好？」

「ああ、夏に近づくにつれて暑くなってきてみんな服装が変わっていくだろ。それに夏にはイベントも多くて、それによって違った衣装が見られたりもする」

「海とかプールに行った時の水着やお祭りに行った時の浴衣のことだね！」

「そうです！　そんな数ある夏の装いの中で異性がしていたら思わずドキッとする格好を俺は聞きたいわけです」

「いいお題だね！　さすが恋バナマスター！」

「ありがとうございます！」

ハイタッチする俊也と愛さん。一緒にいることは少ない二人だけど意外と相性がいいのかもしれない。

「それで早速だけど大輝は何か思いついたか？」

ドキッとする好きな異性の夏の装いか……。考えてみてもすぐには出てこない。

「うーん、まだ思いつかない」

「そうか、ちなみに俺は瀬戸さんの浴衣姿が見たい！」

俊也のカミングアウトに言葉が出ない。瀬戸さんが好きだと知られても別に気にしないと前に話していたけど、なんの躊躇《ちゅうちょ》もなく愛さんの前で言うとは思わなかった。

愛さんは俊也の言葉を聞いてニヤリと笑みを浮かべた。

「澪ちゃんの浴衣姿とはさすが俊也君、お目が高い」

「瀬戸さんに浴衣絶対似合うと思うんですよね。大輝もそう思わないか？」

浴衣を着た瀬戸さんを想像してみる。確かに瀬戸さんのクールなイメージに合っているような気がする。

「そうだね。瀬戸さんの雰囲気と合ってるかも」

「分かってくれるか大輝！　やっぱ浴衣の女の子っていいよな！」

「うん。なんというか夏なのに涼しげで凛《りん》とした感じがいいよね」

「さすが大輝！　分かってるな！」

しばらく恋バナをしていなかったからか俊也はいつにも増して興奮している気がする。

ふと気になって愛さんの方を見ると愛さんはスマートフォンを触っていた。

「愛さん？　どうかしました？」

「ああ、ごめん。ちょっとメモをとってたんだよ」

「メモですか？」

「異性の恋バナってあまり聞く機会ないからさ。参考にしたいなと思いまして」

確かに僕も瀬戸さんと恋バナするまでは異性と恋バナをしたことがあまりなかった気がする。交友関係が広い愛さんでも異性と恋バナするのは貴重なのか。

「それで二人の話を聞いていていい案を思いついたよ！」

「なんの案ですか？」

「合宿で夏祭り行く時にみんな浴衣で行こう！」

夏休み合宿の予定も決まってきていて、合宿二日目の夜にはみんなで夏祭りに行く予定になっていた。

「天文部に浴衣の着付けできる人いるんですか？」

最初から浴衣を着ていくわけにもいかないので、少なくても一人は浴衣の着付けができる人が必要になる。

「陽介は器用だからできると思う！　私も合宿までに覚えるよ！　全員浴衣で行った方が絶対楽しいよ！」

それなら荷物は増えるけど夏祭りに浴衣で行くことは不可能ではなさそうだ。

「まさか瀬戸さんの浴衣姿が現実になるなんて……。くぅ、俺も見たい！」

「それなら私が澪ちゃんの浴衣姿を写真撮ってきてあげるよ！」

「マジですか！」

「大マジだよ。澪ちゃんが普段お世話になっているからね。それくらいまかせてよ！」

瀬戸さん抜きで話が進んでいるけど大丈夫だろうか。愛さんであれば瀬戸さんにうまく説明してくれそうではあるけれど。

「本当にありがとうございます！」

俊也が愛さんを神様のようにあがめている。

「よいよい、それよりまた恋バナの続きしようぜ！」

そういえば恋バナの途中で横道にそれていたのだった。

「そうですね。大輝はそろそろ夏の好きな異性の格好思いついたか？」

「いや、まだ思いつかないな」

「大輝君は難しく考えすぎなのかもしれないね。まずは身近な女の子で考えてみたらいいんじゃない？」

「なるほど……」

身近な女の子と言われてパッと思いついたのは清水さんだった。清水さんが着ていたら嬉《うれ》しい夏の服装か……。清水さんはスタイルがいいから何を着ても似合いそうな気がする。

少しの間、考えていると一つの候補を思いついた。

「夏っぽいかは分からないんですけど、白いワンピースは好きかもしれないです」

「それって前にショッピングモールで大輝君に会った時に圭が買ったやつ？」

「そうですね」

数ヶ月前に僕は清水さんと愛さんにショッピングモールで偶然遭遇したことがあった。

その時に見た清水さんの純白のワンピースを着た姿が今でも記憶に鮮明に残っていた。

「私も覚えてるよ。あの時の圭はいつもに増してグッドだったね！」

「白いワンピースか。確かに大輝好きそうだよな」

俊也が納得したのは前に僕が清楚《せいそ》な子が好きだと言ったからだろう。

「圭あれからあのワンピ着てないんだよね。圭がワンピ着たところもう一度見てみたいな。大輝君も見たいよね？」

清水さんがワンピースを着た姿を想像する。その姿は可憐《かれん》でとても……。

「大輝君？」

愛さんの声にハッとする。思ったより時間が経過していたようだ。

「そうですね。清水さんによく似合っていたので、あの白いワンピースを着ているところ僕も見たいです」

「だよね！」

「ワンピースか。瀬戸さんも着たりするんだろうか」

「去年の夏に遊んだ時に確か澪ちゃん着てたよ」

「本当ですか！　瀬戸さん、ワンピース着てても可愛《かわい》いだろうなぁ……」

「澪ちゃんのクールさをワンピが引き立てておりましたとも！」

その後も僕と俊也と愛さんによる恋バナは下校時刻まで続いたのだった。

※　※　※

「……ちゃん……て」

誰かの声で目が覚めた。それと同時に体を揺すられていると分かった。

「……もう少し寝かせて」

布団に顔をうずめる。確か今日は休日でアルバイトも休みだったはずだ。何も用事がないならまだ寝ていたい。

「お兄ちゃん！　起きて！」

「……輝乃《きの》？」

よく聞けば声の主は輝乃だった。目をこすりながら布団から顔を出す。

「おはよう、どうしたの？」

「やっと起きた。今日はお兄ちゃんにミッションがあります」

「ミッション？　僕に何かしてほしいことがあるの？」

なんだか前にもこんなことがあったような気がする。

「そう、ショッピングモールまで行くのについてきてほしいの」

「ついてきてほしいってことは輝乃も行くの？」

出不精な輝乃が自分から人の多い場所に出かけようとするのは珍しい。

「う、うん。ダメかな？」

輝乃は少し不安そうだ。心配させないように輝乃の頭をできるだけ優しく撫《な》でる。

「大丈夫だよ。一緒にショッピングモール行こうか」

「うん！」

輝乃の表情がパアッと明るくなった。

「それじゃあ、遅れないようにお兄ちゃんも急いで準備してね！」

そう言うと輝乃は僕の部屋から去っていった。遅れる？　ショッピングモールで何かイベントでもあるのだろうか。


それから一時間後、僕と輝乃はショッピングモールにいた。ここに来るまでの間に輝乃には何度か目的を聞いたけど、輝乃は頑《かたく》なに買い物としか教えてくれなかった。

「輝乃、ショッピングモールに着いたけど何をしたいの？　そろそろ教えてほしいな」

「もう少しだけ待って」

輝乃はそう言ってスマートフォンをいじっていた。

手持ち無沙汰の僕は暇つぶしに周りを眺めているとよく知る人物を見つけた。

「清水さん？」

「ほ、本堂《ほんどう》？」

そこには白いワンピースを身にまとった清水さんが立っていた。

「おお！　なんて偶然、大輝君と輝乃ちゃんにこんなところで出会うなんて！」

声のした方を向くとそこには夏らしい服装をした愛さんもいた。どうやら愛さんも一緒だったらしい。なぜか愛さんの言葉はいつもと比べて芝居がかっているように聞こえた。

「何が偶然だ！　完全に仕込みだろ！」

「な、なんのことだか全然分からないですねぇ」

愛さんは明らかに動揺している。

「お前、さっきまでスマホいじってたのは本堂か輝乃のどっちかと連絡とってたんだろ！」

そういえば先ほどまで輝乃がスマートフォンを触っていたような。輝乃に視線を向ける。

「輝乃？」

視線がぶつかると輝乃は慌てて僕から目を逸《そ》らした。

「わ、私は何も知らないよ」

「何も知らねえ奴《やつ》はそんな焦らねえんだよ。本当のこと言え輝乃。怒らねえから」

「ホントに？」

「ウソついてもしょうがねえだろ」

「……愛さんがお兄ちゃんをここまで連れてきたら、圭お姉ちゃんと会わせてくれるって」

「おい、愛」

清水さんがギロリと愛さんを睨《にら》みつける。

「怒らないってさっき言ったじゃないですか！」

「それは輝乃に対してだ！　お前には怒るに決まってんだろ！」

「そんな理不尽な！」

清水姉妹の口喧嘩《くちげんか》をいつ止めるか迷っていると、輝乃が僕のシャツを引っ張ってきた。

「どうしたの？」

「騙《だま》してごめんね、お兄ちゃん」

輝乃は申し訳なさそうな表情をしている。悪いことをしたと思っているらしい。

「別に大丈夫だよ。いきなり清水さんや愛さんと会ったのはびっくりしたけど」

「そうだ。悪いのはこれを仕組んだ愛だ」

「そんなぁ。ちょっとしたサプライズじゃないですか」

「こっちはドキドキなんて求めてねえんだよ」

「その発言はこんな場所で会うなんてもしかして運命!?　って思ってドキドキしていたと言っているようなものですよ」

「そんなこと思ってねえ！」

頭に血が上っているからか、今の清水さんの顔はいつもと比べて赤いような気がする。

「そう？　まあとりあえずいいや、それでみんなでどこに行こうか？」

「勝手に四人でどこか行く流れに……ってどうした輝乃？」

僕が目を離した隙に輝乃は清水さんの横に移動していた。

「圭お姉ちゃんは私とお兄ちゃんが一緒にいると嫌？」

上目遣いで輝乃が清水さんを見つめる。

「い、嫌ではねえけど……」

「それなら一緒にいたいな。ダメ？」

「うっ……」

清水さんが眩《まぶ》しいものを見るような目で輝乃を見ている。

「圭お姉ちゃんお願い！」

「……仕方ねえ。お前がまたどっかに行ったら大変だからな。私の目の届く範囲にいろよ」

「うん、お姉ちゃん大好き！」

輝乃が清水さんに抱きつく。清水さんは案外年下には甘いところがあるみたいだ。

「よし、これでオッケーだね。それでどこに行こうか？　みんな行きたいところある？」

「僕は特にはないです」

「私はお兄ちゃんと圭お姉ちゃんが一緒ならどこでも大丈夫です」

輝乃の本当の目的は清水さんとここで会うことにあったようだ。

「なるほど、本堂兄妹は行きたい場所は特にないと。圭さんはどうだい？」

「私だってねえよ」

「え〜、ホントに？　ホントは行きたい場所あるんじゃない？」

「なんで私の時だけ疑うんだ！」

「歌穂《かほ》さんにも素直になった方がいいって言われたんでしょ。ほら今ならチャンスだよ！」

「うう……」

うろたえている清水さんの様子を見ていると目が合った。

「おい、本堂」

「何、清水さん？」

「……付き合え」

「え？」

今、清水さんはなんと言った？　言葉としては認識しているがあまりに突然のことすぎて脳が処理できていない。

「だから私の買い物に付き合えって言ってんだよ」

「ああ、買い物にね」

付き合えの部分だけ聞こえたので焦ってしまった。冷静に考えれば清水さんがここで僕にいきなり告白なんてするはずないのに。

「何ちょっと安心したツラしてんだよ！」

「ごめん、それで何を買いたいの？」

「浴衣だ。夏祭りに浴衣で行くんだろ。浴衣なんて持ってねえから買う必要があるんだよ」

そういえば愛さんの思いつきが採用され、夏祭りにみんな浴衣で行くと正式に決まったのだった。

「いいね！　私もまだ浴衣買ってないから浴衣欲しい！　大輝君と輝乃ちゃんもいい？」

「大丈夫です」

「私も大丈夫です。圭お姉ちゃん、私の浴衣選び手伝ってくれる？」

「まあそれくらいならやってやる」

「じゃあ決定だね！　それじゃあ浴衣売り場にレッツゴー！」

こうして僕らは浴衣売り場に向かうことになったのだった。


「おお！　思ってたよりも広いね！」

浴衣売り場は想像していたよりもスペースがあって様々な種類の浴衣が並べられていた。試着スペースもあって実際に着てみることもできるようだ。

「よし、売り場に着いたからここからは二人ずつに分かれて行動かな」

「意外だな。全員で一緒に行動しようとか言わないのか」

「そうしたいのは山々だけどちょっとテンポが悪くなるからね。そうは言ってもバラバラに探してたらこの四人で来た意味ないし。だから二人ずつに分かれるとちょうどいいかなと思ったわけです。三人的にはどう？」

少し考えてみたけど輝乃が清水さんや愛さんとペアになっても特に問題はない気がする。そうであれば愛さんの提案に反対する理由はない。

「僕は大丈夫です」

「私はなんでもいい」

「私も大丈夫です」

「決定ですね！　組み合わせどうする？　なるべくいつもはない組み合わせにしたいけど」

僕と輝乃、清水さんと愛さんの組み合わせ以外ということか。

「それなら私、圭お姉ちゃんと一緒に買い物したい！　いいよね、圭お姉ちゃん？」

「まあ輝乃がそこまで言うならそれでもいい」

「やったぁ！」

嬉しそうな輝乃。清水さんもまんざらでもなさそうだ。

「そしたらまずは私と大輝君、圭と輝乃ちゃんのペアにしようか。それである程度時間が経《た》ったらペアを入れ替えてこう！」

「私の浴衣を選ぶのが先でいいの？」

「はい、僕はまだどんな浴衣を買うか全然決めてないので」

「そう？　大輝君がそう言ってくれるならお先に選ばせてもらおうかな！」

愛さんと女性用の浴衣が展示してあるコーナーに移動する。浴衣コーナーはそれなりに広くスペースがとられていた。同じコーナーにいるはずの清水さんと輝乃の姿も近くには見当たらない。

「さて、大輝君。どの浴衣が私に似合ってると思う？」

「はい？」

愛さんの方を向くとなぜか愛さんは腕組みをしていた。

「だから大輝君的にはどの浴衣が私に似合ってると思います？」

並べてある浴衣を見渡す。周囲にある浴衣だけでも色も柄も豊富な種類があった。どれが愛さんに似合うか考えながら浴衣を見ていると視線を感じた。

「愛さん？」

「どうしたの？」

「気のせいかもしれないですけど、さっき僕の方を見てませんでした？」

「うん。見てたよ」

そんなにあっさりと肯定させるとは思わなかった。僕の気にしすぎかと思っていたのに。

「どうして僕を見てたんですか?」

愛さんは少し考える素振りを見せてからゆっくりと口を開いた。

「最初は浴衣を選んでくれるのを待つつもりだったんだけど、大輝君が思ってたより真剣に考えてくれてたからさ。ついつい見ていました」

「なるほど?」

「分かってくれたかな。それで大輝君、いい浴衣は見つかった?」

「いえ、まだです」

「そう。それなら一緒に探しながら別の話でもしましょう!」

「はい」

浴衣に視線を戻す。どんな色の浴衣が愛さんに似合うだろうか。考えていると一つ疑問に思ったことがあった。

「そういえば今日は陽介さんを誘わなかったんですか?」

「誘ってないけど、どうして?」

「愛さんは清水さんが浴衣欲しいことを知ってたんですよね? 愛さん前に服を選ぶ時には陽介さんを連れているって聞いた気がするんですけど違いましたか?」

正確には陽介さんではなく幼馴染《おさななじ》みと言っていた気がするけど、愛さんと未《いま》だ交友関係にある異性の幼馴染みは陽介さん以外に聞いた記憶がない。

「よく覚えてるね。確かにいつもは陽介を呼ぶんだけど今回はアレだから」

「アレとは？」

「サプライズです！」

「サプライズですか？」

「イエス！　浴衣を一緒に選ぶと夏祭りで浴衣着ても、陽介が私にドキドキしてくれないかもしれないじゃないですか。だから敢《あ》えて陽介は今回呼ばなかったのです！」

話に納得はできたけどそれ以上に気になることがあった。

「陽介さんを呼ばなかった理由は分かりましたけどそこまで言って良かったんですか？」

「え、なんかまずいこと言った？」

「愛さんが陽介さんをその……好きだって言ってるようなものじゃないですか……」

「ああ、そういうことね」

そう言った愛さんの表情に大きな変化は見られなかった。

「大丈夫だよ。私が陽介を好きだって歌穂さんが大輝君に言っちゃったことはもう聞いたから」

後で謝るとは聞いていたけど歌穂さんは愛さんにそこまで言っていたのか。

「そうだったんですね」

「うん。あ、気にしなくてもいいよ。大輝君になら知られてもいいと思ってたから」

僕なら人に言わないと思われているのだろうか。元より誰にも言うつもりはないけれど。

「まあでも乙女の恋心を知ったからには大輝君にも協力してもらいますよ！」

「僕にできることなら頑張ります！」

「そしたらまずは浴衣だね。陽介のハートを射止める浴衣を探すよ！」

「はい！」


「これはどう？」

試着スペースのカーテンが開く。そこには着物姿の愛さんが立っていた。

「明るい色の浴衣が愛さんによく似合っていていいんじゃないかなと思います」

「なるほど……」

愛さんの浴衣を選び始めてから二十分後、未だに僕と愛さんは購入する浴衣の候補すら決められずにいた。

「大輝君、褒め上手すぎじゃない？」

「そんなことはないと思いますけど……」

「いやいや、どんな浴衣でもすぐにいいところを言っていくって結構難しいよ？　それはもう才能の域に達してますぜ」

初めてそんな風に褒められた気がする。褒め上手なのは愛さんの方だと思うけど。

「愛さんは今まで見てきた中でいいと思った浴衣はないんですか？」

「いくつかあるかな」

「それじゃあその中から愛さんが一番好きな浴衣を選んでもいいんじゃないですか？」

「うーん、でも私の好きな浴衣が陽介の好みの浴衣だとは限らないじゃないですか」

愛さんの目的はあくまでも陽介さんにいいと思ってもらえる浴衣探しのようだ。

「それはそうですけど……僕の意見いいですか？」

「いいよ！　カモン！」

「正直なところ僕は陽介さんがどんな浴衣が好みなのか分かりません」

「まあ大輝君と陽介はあんまり二人でそういう話をしなさそうだもんね」

確かに僕は陽介さんと話すことはあっても異性の好みに関する話はあまりしない。

「そうですね。でも陽介さんが喜びそうなことを一つだけ思いついたんです」

「おお！　それはなんだい！」

「愛さんが心から楽しむことです」

「ん？　どういうこと？」

愛さんが合点がいっていないみたいだ。

「陽介さん、愛さんが楽しんでる姿を見てる時に優しい顔つきになるんですよ。陽介さんは愛さんが楽しむ姿を見るのが好きなんだと思います」

「……大輝君、人のことをよく見てますな」

愛さんの声が小さい。よく見てみるといつもよりもほんのり顔が赤らんでいた。

「それでなんですけど愛さんが自分の好きな浴衣で夏祭りを楽しめば、自然と陽介さんも目を奪われるんじゃないかと思うんですよね」

「なるほど、自分の好きな浴衣を着て祭りをエンジョイすれば陽介も私にメロメロと！」

「メロメロかは分からないですけど陽介さんは愛さんを見てしまうと思います」

「よし、それなら方向性は決まったね！　あとは候補の中から選ぶだけ！」

「それならもうコイツはいらねえな」

「え？」

声のした方を向くとそこにはいつの間にか清水さんと輝乃が立っていた。

「あれ、圭、輝乃ちゃん。もう浴衣選び終わったの？」

「輝乃の分は選んだ。そろそろ結構時間経ったしペア替えるぞ」

愛さんが時間を確認する。

「確かに思ってたよりも時間過ぎちゃってたね。そしたら次のペアは……」

「消去法で私と本堂、お前と輝乃だな」

「別に私と圭、大輝君と輝乃ちゃんでもいいんだよ？」

「そ、それはいつも通りだから私の言ったペアの方がいいだろ！」

「そうだねぇ」

「何ニヤニヤしてやがる！」

「別に？　歌穂さんの話を生かしているなと思っただけだよ。大輝君と輝乃ちゃんはそれでいい？」

輝乃に視線を合わせる。輝乃がこくりと頷《うなず》いた。愛さんは僕の知らない所で輝乃と仲良くなっていたみたいだし心配はいらないだろう。

「大丈夫です」

「……私も大丈夫です」

「オッケー！　それなら今度は私と輝乃ちゃん、圭と大輝君でショッピングスタート！」

ペアを入れ替えてから数分後、僕と清水さんは男性用浴衣を展示しているスペースに移動していた。

「本当に僕からでいいの？　清水さんもまだ浴衣選んでないんでしょ？」

「いいんだよ。近くに愛がいると気が散る。私は愛が浴衣選んだ後に決める」

「それならいいいんだけど」

清水さんに視線を向ける。純白のワンピースを着た清水さんを見たのはこれで二度目だ。

それなのに僕はそんな清水さんの姿に未だに慣れることができずにいた。

「なんだよ。そんな服をジロジロ見て」

「いや、ワンピース着た清水さん久々だなと思って」

「愛に無理やり着させられたんだよ！　でなきゃこんな人の多いところにワンピース着て来るわけねえだろ！」

清水さんの顔は怒りからか恥ずかしさからか真っ赤になっている。

「そ、そうだったんだ」

「ああ、全くこんな格好で学校の奴らにあったらなんて思われるか……」

「確かに普段の清水さんとはギャップがあるからみんな驚くかもしれないね」

「……似合ってねえって正直に言え」

ムスッとした表情のままで清水さんは僕を睨みつけた。僕の言葉が足りなかったのかもしれない。

「そんなこと思ってないよ。前にも言ったと思うけど、その白いワンピース清水さんによく似合ってると僕は思うな。ワンピース着た清水さん本当に綺麗《きれい》だから」

「なっ……」

「また清水さんのワンピース姿見れて僕は嬉しかったよ」

「も、もういい、十分だ！　さっさとお前の浴衣選ぶぞ」

そう言った清水さんの耳にはまだ赤みが残っていた。

「清水さんはどんな浴衣欲しいの？」

僕の浴衣を選び終えて僕と清水さんは女性用浴衣のコーナーに移動していた。

「別に着れるならなんでもいい」

「適当に買うなんてもったいないよ」

「……ならお前が選ぶのを手伝え」

清水さんのその声はどこか不安そうに聞こえた。

「うん、分かった」

「後で取り消すとかなしだからな！」

「もちろん」

「……そしたら私が浴衣いくつか持ってくるから意見言え」

数分後、清水さんは浴衣をいくつか買い物かごに入れて戻ってきた。

「言っとくけど適当なこと言ったら怒るからな」

「そんなこと言わないよ」

「それならいい、それじゃあ試着スペース行くぞ」

「うん」

僕は清水さんの後ろについていく形で試着スペースに向かった。

「これはどうだ」

清水さんが最初に試着してきた浴衣は水色の浴衣だった。その浴衣の中では朱色の金魚が何匹も泳いでいる。

「明るい色で可愛いね」

「かわ……。ま、まあ確かに可愛い浴衣だな。輝乃だったら似合うかもな」

「清水さんも可愛い浴衣似合うと思うんだけどな」

「お、お前いい加減なこと言うとぶっ飛ばすぞ！」

いい加減なことを言ったつもりはないのだけど、どうやら清水さんはご立腹らしい。

「まったく、次いくぞ」

再び清水さんがカーテンを閉めた。少し待っていると清水さんの声が聞こえてきた。

「いいか？」

「大丈夫だよ」

「これはどうだ？」

清水さんが次に着てきた浴衣は薄い水色の花柄が特徴的な白色の浴衣だった。

「……せ、清楚な感じがして綺麗だよね」

なぜだろう。愛さんに意見を言っていた時と比べてさっきからうまく言葉が出てこない気がする。

「き、綺麗……。この浴衣がな！　ただこれも白だからインパクトが……」

「どうしたの？」

「独り言だ。後は……」

清水さんがカゴの中に入れていた浴衣の中に紺色で朝顔の柄の浴衣を見つけた。

「着てほしい」

あれ、僕は今なんて口にした？

「お、お前、急にどうしたんだよ……」

「その浴衣清水さんに絶対似合うと思う。だから夏祭りの時にその浴衣着てほしい」

ハッとする。今日の僕はなんか変だ。どうしてしまったんだろう。

「ごめん、清水さん。今の言葉は……」

「なしにするな」

「え？」

「今の言葉なしにするな」

その言葉はどこか懇願しているように聞こえた。

「う、うん」

「……お前がそこまで言うならこの浴衣夏祭りの時に着てやってもいい」

「いいの？　清水さんも着たい浴衣あるんじゃ……」

「私はなんでもいいって最初に言っただろ。だからこれでいいんだよ」

清水さんはそう言って試着スペースを後にしたのだった。


「よーし、全員無事に浴衣買えて良かったね！」

数分後、僕と清水さんは愛さんと輝乃に合流していた。

それにしてもあの時の僕はなんだったのだろう。自分でもよく分からない。

「そしたら次の目的地行こうか？」

「次の目的地？」

愛さんがテンポを気にしていたのは他に買いたいものがあったからだったのか。

「次はどこ行くつもりだよ？」

「私たちは夏祭りの他に海にも行くんだよ？　買うものはもう分かるでしょ？」

思いつく商品はもう一つしかない。

「次は水着買いに行きますよ！」

「あの……愛さん、僕はさすがに三人とは別々ですよね？」

「何水臭いこと言ってんの！　もちろん大輝君も水着選ぶのを手伝ってもらうよ！」

「そうだよお兄ちゃん！」

「えぇ……」

僕は愛さんと輝乃に脇を固められ水着コーナーという魔境に向かうことになるのだった。

※　※　※

「えっ、それじゃあ圭は買った浴衣を大輝君の前で着てないの？」

帰宅後、私はなぜか部屋に当たり前のように入ってきた愛に質問を受けていた。

「文句あるのか」

「ないけどせっかくだったらその浴衣着て大輝君によく似合ってるぜ、圭……って言ってもらいたくなかった？」

「……今日着るよりも夏祭りの時に着てみせた方がインパクト大きいだろ」

愛の方を見るとなぜかニヤニヤしながらこちらを見ていた。

「なんだよ」

「いや、考えることは姉妹で一緒なんだなと思いまして。夏祭り、浴衣着て二人をドキドキさせちゃおうね！」

なるほど、愛が陽介を今日呼ばなかったわけがようやく分かった。

「……浴衣の着付けの仕方、夏祭りまでに教えろ」

「圭、今日試着できたんだから自分でもある程度は着付けできるよね？　それに夏祭りの当日は私が着付けてあげるよ？」

「自分でもっとうまく着付けできるようになって本堂に見せてえんだよ」

「……なるほどね。了解！」

夏休み合宿まではもう少し、私の残りの自由時間は浴衣の着付けを覚えることに費やすことになりそうだ。

第四章　清水さんと海

「海だ！」

　電車に揺られること数時間、僕たち天文部は合宿の最初の目的地である海水浴場に到着した。辺りを見渡してみると今日は平日だというのに海水浴場には結構人がいた。おそらく高校だけでなく大学も夏休みに入っているからだろう。

「そんな最初からフルスロットルだと夜までもたないぞ」

「心配ご無用！　そんなことがないように昨日の夜は八時に寝たから！」

「早すぎだろ」

「それでここからどうする？」

「まずは水着に着替えましょう！　そして着替え終わったらもう一度ここに集合で！」

「そうだな。みんなもそれでいいか？」

「はい」

「ああ」

瀬戸《せと》さんも無言で頷《うなず》く。

「よし、それじゃあ決定！　男子諸君は私たちクールビューティ三人娘がナンパされないように早めに来て待っててね！」

「お前にクールな要素はねえだろ」

「そんなことないよ！　しゃべればキュートで、黙っていればクールって言われるもん！」

「誰が言ったのか知らねえけど百万歩譲ってそれが事実でも、黙れない時点でクールにはどうあがいてもなれねえよ」

「うん、愛《あい》先輩はクールとか向いてない」

「澪《みお》ちゃんもそっち側なの!?」

愛さんは余程ショックだったのか口元を押さえている。そんな愛さんと目が合った。

「だ、大輝《だいき》君は私のことクールだと思うよね？」

「えっと……」

「今の本堂《ほんどう》の間の抜けた返事が全てだろ」

「そんな……」

今度は陽介《ようすけ》さんに愛さんの視線が向いた。

「陽介……ウソでもいいから私をクールで綺麗《きれい》で可愛《かわい》くて美しいと言って」

「要求が多いな」

「いいから早くプリーズ！」

「分かった、分かった。愛はクールで綺麗で可愛くて美しい」

「心がこもってない！」

「お前がウソでもいいって言ったんだろ……」

「それはそうだけどさ……、そんなことでは将来立派な俳優さんにはなれませんよ！」

「なるつもりも予定もないから問題ない」

「むぅ……」

愛さんは不服そうに頬《ほお》を膨らませている。

「こうなったら水着に着替えて陽介に心からクールだって言わせてみせるぜ！　二人とも行くよ！」

「おい、腕を掴《つか》むな！」

「……力ちょっと強い」

抵抗もむなしく清水《しみず》さんと瀬戸さんは愛さんに腕を掴まれ引っ張られていった。

「……俺たちも着替えに行こうか」

「はい」

一足遅れて僕と陽介さんも更衣室に向かうのだった。

「愛たち来ないな」

「そうですね」

集合場所に戻ってきてから何分ほど経過しただろうか。未《いま》だに天文部の女性陣は戻ってきていない。

「そこまで焦る必要はなかったみたいだな」

「おーい、二人とも〜」

声のした方を振り向くと、愛さんたち三人がこちらに向かって歩いてきた。

「思ったより時間がかかったな」

「ごめん、日焼け止めとか塗ってたら遅くなっちゃった。それでなんですが陽介さん、私に何か言うことはありませんか？」

「言うこと？　なんの話だ？」

「新しい水着に着替えてきたウルトラプリティガールに何か言うことはござらんかと聞いておりまする」

そういうことか。愛さんはフリルのついた明るい色の水着を着ていた。その水着を陽介さんに褒めてもらいたいのだろう。

「……いいんじゃないか」

陽介さんがそう言って愛さんから目を逸《そ》らす。よく見ると陽介さんの顔が少しだけ赤くなっている。これはきっと夏の暑さのせいだけではないと思う。

「むぅ、陽介のボキャブラリーには、いいんじゃないかしかないんですか！」

陽介さんが恥ずかしがっていることを愛さんは分かっていないようだ。

「……分かった、もっとしっかり考えるから少し時間をくれ」

「いいですとも！　そしたら大輝君！」

「は、はい！」

いきなり呼ばれたので正直驚いた。なぜこの状況で呼ばれたのだろう。

「陽介のシンキングタイムの間に圭《けい》の水着の感想よろしく！」

「えっ」

「い、いきなり何言ってんだ！」

僕以上に清水さんの方がこの状況に動揺しているように見えた。

「大輝君は褒め上手だからね。大輝君が圭を褒める様子を見て陽介には女の子の褒め方を勉強してもらいます！」

「なんで褒める対象が私なんだよ！　お前か瀬戸でもいいだろ！」

「いいけど圭はいいの？」

愛さんはニヤニヤしながら清水さんの方を見ている。

清水さんは愛さんを睨《にら》みつけているが全く効果はない。

「私は……」

「清水さんが乗り気でないなら私が代わってもいい」

「瀬戸、お前！」

瀬戸さんの表情からは何を考えているのかいつも通り読み取れない。

「ほらほら、このままだと大輝君に澪ちゃんを褒めてもらうことになるよ？」

「ぐぬぬ……」

どうやら褒める人を僕の意思では選ぶことはできないようだ。そんなことを思っていると清水さんと目が合った。

「おい、本堂」

「どうしたの？」

「瀬戸じゃなくて……」

声が小さく後半部分がよく聞き取れなかった。

「ごめん、清水さん。聞こえなかったからもう一回言って？」

清水さんは僕を数秒睨んでから大きく口を開いた。

「瀬戸じゃなくて私を褒めろ！」

そう叫んだ清水さんの顔は誰がどう見ても真っ赤に染まっていた。

「分かった」

反射的に頷く。断るという選択肢は僕の中には存在しなかった。

「圭がそこまで言うなら仕方ないね。澪ちゃんもいい？」

「問題ない。元からそのつもりだった」

瀬戸さんがしてきた先ほどの提案は本心ではなかったようだ。

「瀬戸、はめやがったな！」

「じれったかったから少し背中を押してあげただけ」

「澪ちゃんは後で俊也《しゅんや》君に水着褒めてもらおうね。はい、チーズ」

その声と共にシャッター音が鳴る。愛さんが持ってきていたスマートフォンで瀬戸さんを撮ったみたいだ。

「おお！　綺麗に撮れてるね！　ほら、みんな見て！」

スマートフォンの画面にはピースサインをしているワンピースタイプの水着を着た瀬戸さんの姿がしっかり写っていた。不意打ち気味に撮られた写真のはずなのに、なぜ瀬戸さんは対応できているのだろう。

「この写真、松岡《まつおか》君に送るの？」

「うん、後で他の写真とまとめてね。俊也君なら絶対喜ぶよ！」

確かに俊也だったら誇張なしに泣いて喜びそうだ。

「そう……」

「あれ？　もしかして澪ちゃん嫌だった？　そうだったら送るのをやめるよ？」

「嫌ではない。だけどなんというか……ちょっと恥ずかしい……」

それを聞くや否や愛さんが瀬戸さんを思いっきりハグする。

「澪ちゃんが照れてる！　これは可愛すぎますよ！」

「愛先輩、苦しい」

瀬戸さんが無表情で愛さんを引き剝がす。

「はっ、澪ちゃんのあまりの可愛さに正気を失っていた！」

「話がずれてるぞ。本堂が戸惑ってるだろ」

「そうだった！　圭も早く大輝君に褒められたいもんね！　じゃあそのラッシュガードを脱いで」

「は？」

「は？　じゃないですよ！　そのラッシュガードを脱がないと中に着ている水着が見えないじゃないですか！」

愛さんの言う通り清水さんは丈の長いラッシュガードを着ていて、中に水着を着ているのかさえ一目見ただけでは分からなかった。

「……一緒に水着買いにいったんだから脱がなくても本堂は分かるだろ」

「大輝君はじめのうちは一緒だったけど途中から自分の水着を買いに行っちゃったから、

ネマティック
ビデオ
写真
ポートレート

圭がどんな水着を買ったかまでは知らないでしょ！」

「……本当にラッシュガード脱がないとダメか？」

「当然！　大輝君も圭の水着早く見たいよね！」

「えっと……」

「本堂君は脚フェチ。だから今のままでも問題ない」

「瀬戸さん⁉」

思わぬところから思わぬ発言が飛び出した。

「澪ちゃん、大輝君が脚フェチだってなんで知ってるの？」

いつの間に僕の脚フェチは天文部の共通認識になったのか。でも確かに瀬戸さんがなぜ僕を脚フェチだと思ったのかは気になるところだ。

「松岡君が前に言ってた」

「俊也……」

おそらく悪気はないのだろうけど後で言いふらさないように注意しなくては。清水さんに視線を戻す。ラッシュガードで露出が抑えられている分、そこからスラリと伸びた綺麗な脚が目立つ結果となっていた。僕の視線に気づいたのか清水さんは脚を隠すようにその場にしゃがみこんだ。

「お前、肌が出てればどこでもいいのか！」

この海水浴場には僕たち以外にも人がいるので、可能であれば誤解を招く表現はやめてほしい。

「そんなことないよ！　圭の脚だから見てたんだよね？」

イエスと言ってもノーと言っても何か大切なものを失いそうな質問だ。

「そうなのか、本堂？」

上目遣いで言われるとちょっとドキッとしてしまう。ただここで返答を間違うと大変なことになると第六感が警鐘を鳴らしていた。覚悟を決めなくては。

「……清水さんの脚が魅力的でつい見てしまいました。ごめんなさい」

僕にできるのは誠心誠意謝ることだけだった。

清水さんは僕を何度かチラチラ見てからゆっくりと立ち上がった。

「まあ見られたって減るもんじゃねえからいい。でも知らない奴《やつ》の脚見てたらぶっ飛ばすからな……」

「うん、分かった」

「よし、そしたら早くラッシュガード脱ごうぜ！」

「そんな流れじゃなかっただろ！」

「そんな流れだったでしょ。それに見られたって減るもんじゃないって言ったのは圭さんじゃないですか。ほら、勇気を出して！」

「うう……」

「そんな無理にラッシュガードを脱がなくてもいいんじゃないか？」

見かねた陽介さんが清水さんに助け舟を出す。

「陽介は私の水着の感想考えてて！」

その助け舟を愛さんが叩《たた》き割る。そんな中、清水さんと再び目が合った。

「……お前は私の水着見たいか？」

よく見ると清水さんは頬をほんのわずかに赤く染めていた。

「清水さんが嫌じゃないなら」

目を逸らさず清水さんに告げる。清水さんは十秒ほど悩む素振りを見せた後、吹っ切れたようにラッシュガードを一気に脱いだ。

「……どうだ」

清水さんが着ていた水着は紺色のビキニだった。恥ずかしさが残っているのか清水さんは僕と目を合わせてくれない。感想を言うために清水さんを観察する。その水着は清水さんのスタイルの良さを引き立てているように見えた。

「大輝君、そろそろ主に感想言ってあげて」

ハッとする。思っていたよりも清水さんのことを見てしまっていたようだ。

「清水さん、その水着似合っててすごくいいと思う」

「……ウソだったら怒るぞ」

「ウソなんて言わないよ。水着が普段の清水さんとはまた違う魅力を引き出していて本当に綺麗だと思ったよ」

「なっ、そこまで言わなくてもいい！」

清水さんの顔は頬だけでなく全面が真っ赤になっていた。

「なるほど、自然にそんな言葉が出てくるとはさすがだな、本堂君……」

「感心してないで今度は陽介の番だよ！　私の水着どうだね！」

そういえば僕が清水さんの水着の感想を言うことになったのは、元はといえば陽介さんが愛さんを褒める言葉を考える時間を稼ぐためにしていたことだった。

「……その水着お前によく似合っていてまあだからなんというかその……すごく可愛いんじゃないかと思う」

「な、なるほど……。ま、まあ、陽介にしては結構頑張ったんじゃないですかね」

愛さんは嬉《うれ》しくて笑ってしまうのを頑張ってこらえているように見えた。

「お前、素直じゃねえな」

「そ、そんなことないよ！　みんな早く行くよ！　海が私たちを待っている！」

そう言うと愛さんは海に向かって一人走り出した。

「ごまかしたな」

「うん、愛先輩ごまかした」

「おい愛、走るんじゃない！　人にぶつかったらどうするんだ！」

僕たちは走っていった愛さんを追いかけ海へ向かった。


「ふぅ、結構遊んだね！」

「そうだな。すでに体の節々が痛い……」

ビーチボールや水泳をして海を堪能した僕たちは休憩のため海の家の近くまで来ていた。

「あれ、なんかあっち人が集まってない？」

愛さんが指差した方を見ると、そこには小規模だが人だかりができていた。

「何かやってるんでしょうか？」

「どうだろうな。前に調べた時には今日何か特別なイベントがあるとは書いてなかった気がするが」

「面白そうだし行ってみようよ！」

僕たちは愛さんについていく形で人だかりの方へと向かった。

「むむ、また新たなお客さんたちが来たようですね！　盛り上がってまいりました！」

人だかりの先にはマイクを持った水着のお姉さんが立っていた。僕は知らないけど、もしかしてこのお姉さんが有名な人なのだろうか。

「愛、あの人って有名な人なのか？」

「少なくとも私は知らない人かな」

愛さんが知らないのであればそこまで有名な人ではないような気がする。

僕らの会話が聞こえているのか分からないけど、お姉さんはこちらを見て笑顔を見せた。

「それでは途中から来てくださったお客さんも多くなってきたので、改めて説明をさせていただきます。今ここで行っているのは海の家主催のベストカップルコンテスト！　告知なしの突発イベントとなっております！」

「な、なんだって！」

なるほど、突発イベントだから陽介さんが調べた時にはなかったのか。

「カップルであればどなたでも出場可能！　私がするいくつかの質問に答えてもらって私のことを一番キュンとさせたカップルが優勝となります。そしてベストカップルコンテスト優勝賞品は海の家で使える本日限定スペシャルデザート無料券です！」

「なんか良さそう！」

愛さんの瞳がいつにも増してキラキラと輝いている。

「おい愛、まさかとは思うが……」

「出場しよう陽介！　スペシャルデザートが私たちを待ってるよ！」

「お、俺たちはカップルじゃないだろ！」

「それを知る者はこの地には私たち以外誰もいない。黙っていれば分からないのだよ。ほら早く行こう！」

愛さんが陽介さんの腕を掴み、お姉さんの方へ引っ張っていこうとする。

「陽介諦めろ。私たちはここで待ってるから存分に暴れてこい」

「何を他人事みたいに言ってるの？　圭と大輝君も出るんだよ？」

「は？」

「え？」

今、愛さんがとんでもないことを口にした気がする。

「なんで私と本堂まで出なきゃいけないんだよ！」

「だって数が多ければ多いほど優勝する確率は上がるでしょ？　私は本日限定スペシャルデザートを食べたい！　そのためにはなんだってするよ！」

愛さんは陽介さんへのアピールチャンスだと思っているのか、それとも本気で本日限定のスペシャルデザートが食べたいのかどっちなのだろう。さすがに前者であってほしい。

「巻き込むのは陽介だけにしろ。とにかく私は出ないからな」

「ああ、そう」

「な、なんだよ」

「圭は負けるのが怖いんだ。まあしょうがないよね。姉に勝る妹など存在しないのだから！」

愛さんは悪い笑みを浮かべている。そんな風に清水さんを煽《あお》ったら……。

「……よ」

「何？　声が小さくてよく聞こえないなぁ」

「出てやるよ！　お前なんか一瞬でぶっ倒してやる！」

「清水さん……」

やはりこうなったか。一度スイッチの入った清水さんを止めるすべは僕にはない。こうして僕と清水さん、陽介さんと愛さんはそれぞれカップルとしてベストカップルコンテストに出場することになったのだった。

「それでは次のカップルのお二人、こちらへどうぞ！」

「はーい！」

元気な返事と共に愛さんが陽介さんを引き連れて司会のお姉さんのもとへと歩いていく。お姉さんは二人にマイクを一本ずつ手渡した。

「フレッシュなお二人ですね！　まずはお名前を教えてください」

「清水愛です！」

「坂田《さかた》陽介です」

「元気な彼女さんですね！」

「ありがとうございます！」

「それでは質問に移らせていただきます。お二人が初めて出会ったのはいつですか？」

「俺たちが幼稚園児だった時です」

陽介さんが抑揚のない声で司会のお姉さんの質問に答える。

「そうするとお二人は幼馴染《おさなな じ》みということですか！」

「はい！　私と陽介は幼稚園の頃から今までずっと一緒の幼馴染みです！」

「おお！　いいですね、幼馴染み！」

愛さんはともかく司会のお姉さんも、二人が幼馴染みだと耳にした時からテンションが目に見えて上がっているように見える。

「そんな幼馴染みのお二人はお付き合いされてどのくらいですか？」

「一年くらいです」

愛さんが答える。あらかじめ質問される内容を予想して答えを決めていたようだ。

「どちらから告白したんですか？」

「えっと、それは……」

どうやら打ち合わせの時にどちらが告白したかまでは話していなかったらしい。

「俺です」

愛さんの目が点になっている。こうなることは想定していなかったみたいだ。

「彼氏さんからでしたか！　どんな風に告白したんですか？」

「……好きです。付き合ってくださいと言いました」

「シンプルですがいい告白ですね！　それを聞いて彼女さんはどう思いましたか？」

「その……とっても嬉しくて心の中が温かい気持ちでいっぱいになりました」

陽介さんに本当に言われたことがあるかのように愛さんは柔らかな笑みを浮かべていた。

「青春してますね！　次はお互いの好きなところを教えてください。まずは彼氏さんから」

「……周りを明るい笑顔でいつも照らしてくれるところですね」

陽介さんの言葉を聞いた愛さんは顔を赤らめている。即答できるあたり陽介さんは本当にそう思っている気がする。

「彼女さん笑顔が素敵ですもんね！　彼女さんは彼氏さんのどこが好きですか？」

「なんだかんだ言いながらも私が困っていたらいつも手を差し伸べてくれるところです」

愛さんも適当なことを言っているようには見えない。

「優しい彼氏さんですね！　次はちょっと答えにくい質問かもしれませんが、相手の欠点だと思うところはありますか？」

「あります！」

愛さんが勢い良く手を挙げた。

「それでは彼女さんからお願いします」

「私のことをいつもはあまり褒めてくれないことです！」

「だそうですよ、彼氏さん」

司会のお姉さんは笑いながら陽介さんに返答を促す。

「……善処します」

「シャイな彼氏さんのようですね。逆に彼氏さんは彼女さんの欠点だと思うところは何かありますか？」

陽介さんは考える素振りを見せた後、なぜか笑みを浮かべた。

「特にないですね」

「一つもないですか？」

「はい、他の人と比べて足りない部分はあるかもしれませんが、そこも含めて愛の魅力だと思うので」

陽介さんがそう言い終わるのと同時に歓声が上がった。

「今日一番の盛り上がり！　彼女さん愛されてますね！」

「えへへ」

愛さんも満面の笑みで嬉しさを隠しきれないようだ。

「それでは次にランダム質問を一つ。彼女さん、一から二十までどれか一つ数字を選んでいただけますか？」

「ラッキーセブンの七で！」

「はい、七ですね。七の質問は……二人のファーストキスについて聞かせてください！」

「え？」

「もう一度言いますね。二人のファーストキスの思い出を聞かせてください！」

愛さんも別に聞こえてなかったわけではないと思う。ただ全く予想していなかった質問によってフリーズしてしまったのだろう。愛さんは顔を真っ赤にしながら困った顔で陽介さんを見つめている。陽介さんも心なしかソワソワしている。

「あのお二人、答えにくかったらこの質問パスしても……」

「だ、大丈夫です！」

そう答えた愛さんはどう見えても大丈夫じゃない。

「そうですか？　それではお聞きします。まずはファーストキスの場所はどこでしたか？」

「か、観覧車です」

「おお、ロマンティックですね！　観覧車でキスするまでの様子をなるべく詳しく教えてください」

「えっと……、それは……」

「アイツもう限界だぞ」

僕の隣にいる清水さんがボソリと呟《つぶや》く。確かに僕から見ても限界は近いように見える。

「そこから先は俺が」

そんな中、陽介さんが再び口を開いた。

「彼女さんファーストキスの記憶を思い出して恥ずかしがってるみたいですね。では彼氏さんお願いします」

「場所は遊園地の観覧車。恋人になってから初めてのデートの終わりに二人で一緒に乗りゴンドラが一番上に来た時に……俺から愛にキスしました」

周りからキャーという歓声が聞こえた。

「……いい、良すぎてそれしか言葉が出てきません」

愛さんの方を確認してみると陽介さんに向けて熱っぽい視線を送っていた。

「もっとお話を聞きたいのですがそろそろお時間のようです。最後に何か伝えたいことなどあればどうぞ！」

「陽介が私のことをたくさん褒めてくれて嬉しかったです！　ベストカップルコンテスト最高！」

「そう言っていただけると嬉しいですね！　それではお二人ありがとうございました！」

陽介さんと愛さんはマイクをお姉さんに返しこちらに戻ってきた。

「ふう、緊張したね！」

「どう見てもいつも通りだったぞ」

「そう？　まあ次は圭と大輝君の番だよ。リラックスしていってらっしゃい！」

愛さんが僕と清水さんの背中を軽く叩く。

「それでは次のカップルのお二人。こちらへどうぞ！」

清水さんと視線が合ったのでコクリと頷く。僕は清水さんと歩幅を合わせてゆっくりと司会のお姉さんのもとに向かった。

「まずはお名前を教えていただけますでしょうか」

「本堂大輝です」

「……清水圭」

「あれ、私の記憶が確かなら先ほどのお嬢さんの苗字《みようじ》も清水だったような。もしかして姉妹でいらっしゃいますか？」

「……一応」

愛さんが手を振っているが、清水さんは完全に無視している。

「なるほど、姉妹でそれぞれがパートナーを連れて海に来たんですね！　いわゆるダブルデートってやつですか！」

「……まあ」

清水さんは否定するとややこしくなると思ったのか、眉間にしわを寄せながら頷いた。

「素晴らしい！　おっと、話が逸れてしまいましたね。それでは質問に移らせていただきます。お二人が初めて会ったのはいつですか？」

「えっと、中学の時です」

　僕は清水さんと初めて会ったのは高校一年生の時だと思っていたけど、数ヶ月前に清水さんと体育館裏で話した時に中学の時には既に出会っていたことを思い出したのだった。

「同級生だったのですか？　それとも部活仲間だったり？」

「どちらでもなかったです」

「そうなんですか？　それではどのようにしてお会いになったのですか？」

　どう答えよう。僕と清水さんは中学の時は同級生でもないし部活も一緒ではなかった。どう伝えようか悩んでいると隣にいる清水さんが口を開くのが見えた。

「……私が困っていた時に現れて助けてくれたんだよ」

「初対面の時から彼女さんにとって彼氏さんはヒーローだったわけですね！」

　清水さんは肯定も否定もしない。顔を逸らされてしまっているので、どんな表情をしているのかも分からない。ただ耳が朱を帯びていることだけは確認できた。

「そんなお二人、お付き合いされてどれくらいになるんですか？」

「三ヶ月です」

　これはあらかじめ二人で話し合って決めていた。

「初々しいカップルさんなんですね！　どちらから告白をしたのですか？」

「僕です」
「彼氏さんからでしたか！　よろしければどんな告白をしたか教えていただけますか？」
さっきの陽介さんと愛さんへの質問を聞いていたからこの質問が僕たちにもされること
は分かっていた。ただ打ち合わせの時には考えていなかったので、告白の言葉は今考える
必要がある。脳をフル回転させた結果、僕の中でとある記憶が蘇《よみがえ》った。
「清水さんを壁に追い詰めてその壁を叩いて、お前を誰にも渡したくない。ずっと俺の側
にいろと言いました」
「お前、それは……」
清水さんは気づいているようだ。そう、これは前に天文部の面々で王様ゲームをした時
に清水さんに言ったセリフだ。冷静に思い返してみるとすごいセリフだったな。
「リアル壁ドン！　彼氏さん思っていたよりもガンガン行くタイプ⁉」
司会のお姉さんが明らかに冷静さを失っている。僕の人生の中で言った一番告白に近い
言葉だと思うけどやはり変だったのかもしれない。
「そんな彼氏さんからの情熱的なアプローチを受けて彼女さんはどう思いました⁉」
「……頭が真っ白になった」
「ですよね⁉　すごいな、最近の恋人さんは」
司会のお姉さんが僕を見る目が先ほどと変わったような気がする。

「失礼、少し落ち着きを失ってしまっていました。次の質問です。お互いの好きなところはどこですか？　まずは彼氏さんからどうぞ！」

「清水さんの好きなところは聞き上手で話していて楽しい気持ちにさせてくれるところと頑張り屋で努力家なところと他の人のことをよく見ているところと……」

「おい、止めろ！」

「えっ、まだ全然言い終わってないよ？」

「もう十分だ！　司会が困ってるだろ！」

司会のお姉さんの方を見ると確かに少し苦笑いをしていた。

「か、彼氏さんは本当に彼女さんのことが大好きなんですね……。彼女さんは彼氏さんのどういうところが好きなんですか？」

清水さんに質問が移る。数秒の沈黙の後、清水さんが口を開けた。

「……私の中身を見てくれること」

「確かに彼女さん可愛いですもんね。分かりますよ、その気持ち」

司会のお姉さんも思うところがあるようだ。

「次の質問です。相手の欠点だと思うところを教えてください。今度は彼女さんから！」

「……誰にでも優しいところ」

どういうことだろう。誰にでも優しくしているなんて思っていないけど、誰にでも優しいことはダメなことなのだろうか。

「あ〜、彼氏さんいい人そうですもんね……。老婆心ですけど、もう少しでいいので彼女さんを見てあげてくださいね」

「は、はい」

本心かどうか分からないけど、清水さんが僕に少しでも不満があるなら直したい。

「彼氏さんは彼女さんの欠点だと思う部分ありますか？」

「あります。もう少し周りを頼ってほしいです」

「というと？」

「清水さんは最近良くなってはきたんですけど、自分だけでなんとかしようとすることが多いんですよね。だから僕や周りの皆をもっと頼ってほしいんです」

「なるほど……」

「清水さんの迷惑でなければ僕はいつまでも隣にいたいと思うので、清水さんには好きなだけ僕や周りの皆を頼ってほしいんです」

「なっ！」

周囲からなぜかどよめきが上がる。

「無意識だと……。なんて漢だ……」

なんのことだろうか。清水さんの方を見ても顔を合わせてくれない。

「それでは次はランダム質問です。彼女さん、一から二十までの間でどれか一つ数字を選んでいただけますか？」

「……十二」

「十二ですね。十二は……突然ですがお二人ハグしてみてください！」

「は？」

「え？」

「ハグをお願いします！」

聞こえていないわけではない。いきなりのことすぎて脳が処理できていないだけだ。

「それ、質問じゃねえだろ！」

「実はランダム質問とは言いつつ質問以外も用意してあったんですよね。さあさあ、どちらからでもいいので熱いハグをお願いします！」

ランダム質問でどんな質問がくるかと思っていたけれど、さすがにこの展開は予想できなかった。清水さんを見るとまだ何もしていないのに顔全体が真っ赤になっている。

「初々しいお二人には少し難しかったですかね？」

「ハ、ハグくらい簡単だ！」

別に司会のお姉さんは清水さんを挑発しているわけではないと思う。

「そうですか？　それではどうぞ！」

清水さんに視線を移す。清水さんは意を決したのか目を閉じてガバッと両腕を広げた。

「こ、来い！」

観衆の視線が僕に集まっている気がする。清水さんが覚悟を決めたのだから僕もそれに応えなければ。僕は清水さんにゆっくり近づきその体を抱きしめた。

「おおっ！」

心臓の鼓動がいつもより速くなっているのが分かる。お互い水着でハグしているせいで肌と肌が密着してしまっている。僕は清水さんの柔らかさを意識しないようにすることで精一杯だった。

「んっ」

清水さん本当にお願いだから艶っぽい声を出さないでほしい。

「はい、お二人とも見ているこちらがドキドキするようなハグありがとうございました！」

その声と共にお互いに距離をとる。危なかった、これ以上ハグを続けていたらどうなっていたか分からない。清水さんを見ると目がトロンとしているように見えた。

「もっとお話を聞きたいのですがお時間となってしまいました。最後に何か伝えたいことなどあればどうぞ！」

「清水さんについてもっと知れたので嬉しかったです。ありがとうございました」

僕は何も話さなくなった清水さんを連れて司会のお姉さんのもとを後にした。

「大輝君、君、やりおるね！」

「ありがとうございます？」

　その後、ベストカップルコンテストは続き、浜辺は大いに盛り上がっていた。


「ちょっと遅くなっちゃったね」

「予定にないイベントが急に入ったからな」

　僕たちはベストカップルコンテストを終えて海の家の前にいた。コンテストは惜しくも優勝することはできなかったが司会のお姉さんからはお褒めの言葉をいただいた。

　昼を過ぎお腹《なか》がすいた僕たちは少し遅めの昼食をとることになったのだ。

「さてさて、席は空いてるかな？」

　待っていると僕たちに気づいた店員さんが早歩きで近づいてきた。

「お客様、何名様でしょうか？」

「五人です」

「現在少々混んでおりまして五人一度に座れる席がないので、二人席と四人席への別々のご案内となりますがよろしいでしょうか？」

「少し考えてもいいですか？」

「はい。それではお決まりになりましたらお呼びください」

店員さんはそう言うと忙しそうに去っていった。

「どう分けようね？　二人と三人に分けるんでしょ？」

「普通に男女で分ければいいんじゃないか？」

「そしたらナンパされちゃうかもしれないじゃないですか！」

「それならどうする？」

「全員同時にグーかパー出して、それでうまく男女バラけたらそれにしよう！」

「それが手っ取り早そうだな。みんなもそれでいいか？」

僕を含めた二年生の三人が頷く。

「よし、決まったし、いくよ！　せーの！」

その声と同時にみんな手を前に出した。


「それにしても珍しい組み合わせになったね」

「確かに」

「そうかもしれませんね」

組み合わせは僕と瀬戸さんと愛さん、陽介さんと清水さんになった。二人の席は僕たちの席から結構離れているから姿は見えるが声は全然聞こえない。

注文を終えた僕ら三人は料理を待っているところだった。

「まあこの三人組になったのも何かの縁。お二人さん、私の話を少し聞いてくれないかね？」

「もちろん聞く」

「ありがとう澪ちゃん。それでなんだけど陽介って私のこと好きだと思う？」

「ぶっ」

危うく口にしていた水を噴き出すところだった。

「大輝君、大丈夫？」

「だ、大丈夫です……」

「いきなりだったからびっくりしたよね」

このタイミングでそんなことを聞いてくるとは思わなかったから正直かなり驚いた。

「どうしてそんなことを聞くの？」

「実はなんですけどね……。私、陽介のことが好きなんですよ」

「それは知ってる」

「あれ、澪ちゃんに話したことあった？」

「直接はない。でも一年生の時から愛先輩と坂田先輩のことを近くから見てきたんだから
それくらいは私でも分かる」

「澪ちゃんにも知られてたのか。恥ずかしいような嬉しいような……」

愛さんは両手の指先を合わせながら、はにかんだ笑顔を見せた。

「話がずれたね。それで君たちにさっきの質問をしたのは焦っているからです！」

「焦る？」

「もう高校生最後の一学期が終わり、これからの時間も受験勉強とかをしてると瞬く間に過ぎていくわけです。このままだと陽介と別の大学に入学してそのまま疎遠に……。そんなことは嫌なので陽介が私に告白してくれないかなと待っているのです！」

「そういうことだったんですね」

質問の意図は理解した。ただ僕にはその上で分からないことがあった。

「気になってること聞いていい？」

「何かな？」

「なんで愛先輩から告白しないの？」

僕もそれが気になっていた。愛さんなら告白を待つのではなく、自分から告白するように思えたからだ。瀬戸さんの質問を受けて愛さんは苦々しい顔をした。

「それは……」

「それは？」

「陽介が優しいから」

「どういうことですか？」

陽介さんが優しいことは知っているが、それと愛さんが陽介さんからの告白を待っていることにどんな関係があるのか。

「私が告白すればきっと陽介は受け入れてくれると思う。ただ陽介は優しいから私のことを好きじゃないとしても、私を傷つけないように受け入れてしまうと思うんだ。だからこれは完全に私のワガママなんだけど、陽介から告白してほしいと思っちゃうんだよね……」

愛さんの表情は今まで見たことがないほど憂いを帯びていた。

「私ってやっぱり女の子としての魅力がないかな……」

その時だった、瀬戸さんが愛さんの頬をつねったのは。

「いひゃい！」

その声を聞いてようやく瀬戸さんは愛さんの頬から手を離した。

「なんで私が頬をつねったか分かる？」

「え？　面白くない話をしたから？」

「違う。愛先輩を馬鹿にしたから」

「どういうこと？」

「愛先輩は魅力的。坂田先輩だってきっとそう思っているはず。そんな愛先輩を馬鹿にする人はたとえ愛先輩自身でも許さない」

どうやら瀬戸さんは愛さんに怒っているようだった。

「澪ちゃんだってさっき私はクールじゃないとか言ってたよ！」

「それは事実だから」

「ひどい！」

瀬戸さんの発言にショックを受けていた愛さんだったが、その顔にはいつの間にかいつもの笑みが戻っていた。

「容赦ないな澪ちゃん。でもおかげで元気戻ってきました！」

「良かった。やっぱり愛先輩は元気な方がいい」

「それが私の魅力だからね！　この調子で陽介のハートもバンバン射止めてやるぜ！」

一時はどうなることかと思ったけど、元気を取り戻したようなので良かった。

「話を聞いてくれたお礼に今度は私が相談を受け付けるよ！　君たち何か聞きたいことはないかい？」

「……少し考える。本堂君聞きたいことがあったら先に聞いて」

「大輝君は何を聞きたいんだい？」

「えっと、愛さんは陽介さんのどんなところがその……好きなんですか？」

愛さんは陽介さんがいる席の方を見ながら微笑《ほほえ》んだ。

「コンテストの時も言ったけど陽介は昔から私が困ってるとなんだかんだ言いながら最後にはいつも助けてくれたんだ。そんなところに少しずつ惹《ひ》かれていったんだと思う」

「なるほど……」

昔から隣にいたことで愛さんは陽介さんを段々と好きになっていったのか。

「私も質問していい？」

「もちろん！」

「愛先輩は人を好きになるってどういうことだと思う？」

愛さんが再び真剣な表情になった。

「……難しい質問だね。私にとってはその人の隣にいつまでもいたいと思うのが人を好きになるってことじゃないかなと思うよ」

隣にいつまでも一緒にいたいか……。

「まあピンとこないかもね。まあ人の数だけ好きの形があると思うから君たちも自分だけの好きを探してくれたまえ！　あ、料理きたっぽい！」

その後、僕は頼んでいた焼きそばを食べながら人を好きになるとは何か考えていた。

※　※　※

「お前さっきから何チラチラとアイツらの方を見てるんだよ」

「愛たちの声がここまで聞こえるか気になってな」

耳を澄ませてみるがここから愛たちのいる席までは結構距離があるため、愛たちの声は全く聞こえない。

「聞こえないな。それに聞こえたからなんだって言うんだよ」

「今からする話を愛に聞かれると困るからな」

「何を話すつもりだよ」

「話す前からそんな嫌そうな顔をしないでくれ」

陽介が困ったように笑みを浮かべる。どうやら感情が表情に反映されていたらしい。

「まあいい、とりあえず聞かせろ」

「すまないな。俺の話したい内容は一つだ。圭、お前に頼みがある」

「頼み？　私に何をさせる気なんだ？」

陽介が私を頼るなんて珍しい。それだけに今の段階だと何を頼まれるのか分からない。

「そこまで複雑な頼みじゃない。明日の夏祭りの時に俺と愛が二人きりになるタイミングを作ってほしいんだ」

陽介のその真剣な表情から、私は陽介が明日何をしようとしているのかすぐに気づいた。

「お前、愛に告白するのか？」

「さすがに分かるか」

どうやら私の予想は当たっていたらしい。

「さっきのカップルコンテストの影響か？」

「告白しようと決めたのはもっと前だ」

「それならいつから決めてたんだよ」

「愛が合宿に行こうと言った時からだな」

そんなに前から陽介は愛に告白する決意を固めていたのか。

「なんでこのタイミングなんだ？」

「この合宿が終われば文化祭の準備や受験勉強で忙しくなるからな。愛に気持ちを伝えるチャンスはこの合宿が最後だと思ったんだ」

以前に歌穂《かほ》もそんなことを言っていた。陽介も高校生活の中で愛と一緒にいられる時間がもうそこまで長くないと分かっていたようだ。

「少し質問していいか」

「ああ」

「愛との今までの関係が壊れるのが怖くないのか？」

「怖くない……と言ったらウソになるな。告白が成功しても失敗しても今までと同じ関係ではいられなくなる」

「それならなんで……」

「これからも愛の隣にいたいと思ったからだ。愛の笑顔をいつまでも見ていたい」

そう言い切った陽介の顔はいつもより凛々《りり》しく見えた。

「……分かった。明日の夏祭りなんとしてもお前と愛を二人きりにしてやる。だから一発で決めろよ」

「ありがとう圭」

「礼は成功してから言え」

陽介は勇気を出して大きな一歩を踏み出そうとしている。私にもいつか同じように一歩を踏み出すことができるだろうか。

「なんで三人一緒に風呂入る必要があるんだよ！」

「合宿だからだよ！」

「答えになってねえ！」

合宿一日目の夜、夕食を食べ終えた私と愛《あい》と瀬戸《せと》は、民宿の部屋の中で休んでいるところだった。本堂《ほんどう》と陽介《ようすけ》も今頃は別の部屋で休んでいることだろう。荷物の整理も終わり一人で大浴場に行こうとしたその時、愛が三人一緒に行こうと提案してきたのだった。

「だってこれまで私たち三人でお風呂に入ったことなんてなかったじゃないですか。それにこれからもこんな機会はないかもしれない。となると今回は三人でお風呂に入る最初で最後のチャンスなわけです！　そういうわけだからみんなで一緒にお風呂入ろうぜ！」

「合宿だからって言ったのはどこいったんだよ」

「あっ……。ほら、合宿ってみんなで一緒に行動するじゃないですか。だからお風呂も一緒に入るのは合宿中なら当たり前だって言いたかったんですよ！」

「その理由、今思いついただろ」

「とにかくお風呂一緒に入ろう！　絶対その方が楽しいし思い出になるって！」

　どうやら愛は自分の考えを勢いで押し通すつもりのようだ。

「瀬戸、お前はいいのか？　このままだとコイツと一緒に風呂入ることになるぞ」

「それが思い出になるのならいい。それに愛先輩はコンビニ限定抹茶どら焼きくれたし」

「後半の理由が十割だろ……」

　私の見ていないところで瀬戸は愛にどら焼きで買収されていたらしい。

「ほら、後は圭《けい》だけだよ！」

　折れるつもりのない愛にこれ以上抵抗しても無駄な気がしてならない。

「……何かしたらすぐ私は風呂から出るからな」

「オッケー！　そしたら準備が終わったら出発するよ！　行くぜ、野郎ども！」

　いつものことながらこの姉には一体どこから元気が供給されているのか。


「ふ〜、広くていいお風呂だね！　温度もちょうどいいし！」

　部屋を出ておよそ三十分後、私たち三人は大浴場にある広い湯船に浸《つ》かっていた。私たち以外に客はおらず、大浴場は実質的に貸し切り状態になっていた。

「それで三人で風呂入ったけどどうするんだよ。これで終わりか？」

「うーん。私としてはせっかく他のお客さんもいないことだし、もっとキャッキャウフフしたいところなんですが……」

「勝手にしやがれ」

「圭さんったら冷たいなぁ」

「お前に優しくしてやる必要はねえだろ」

「いやいや、私に優しくしてれば後で絶対いいことあるよ！」

「根拠がないのに断言するな」

愛と無駄でしかないやり取りをしていると瀬戸が愛を見ていることに気づいた。

「どうした瀬戸？　静かに風呂に入りたかったらアイツを黙らせるのを手伝え」

「違う。そうじゃない」

「それならなんで愛を見てたんだ？」

「私、やりたいことがある」

「澪《みお》ちゃんが自分からそんなこと言うなんて珍しいね。やりたいこと言ってみて」

「恋バナがしたい」

「ここまで来て恋バナする気かよ。恋バナなら学校で本堂としてるだろ」

まあ二人が恋バナをしている時、私は横で寝たふりをして聞いていたわけだが。

「確かに本堂君との恋バナは勉強になる。でも私は愛先輩や清水《しみず》さんとも恋バナがしたい」

瀬戸の表情には変化が見られないが、声は心なしかいつもより真剣な気がした。

「いいよ」

「え？」

「なんで瀬戸が驚いてるんだよ」

「それは前に気になっている人……松岡《まつおか》君の話をしようとした時、はぐらかされたから」

「あの時の澪ちゃんは今より恋について詳しくないから、私が言ったことをそのまま全部鵜《う》呑《の》みにしちゃってたでしょ？」

「……そうかもしれない。今はいいの？」

「大輝《だいき》君と恋バナすることで、澪ちゃんも恋がどういうものなのか自分で考えられるようになってきたと思うんだよね。今の成長した澪ちゃんなら私の言葉に流されないで恋バナできるはず！」

愛は愛なりに瀬戸のことをちゃんと考えているようだ。

「ということでプリティガール三人衆による恋バナ始めていきますか！」

「なんで当たり前に私まで参加することになってるんだよ」

「だって澪ちゃんは圭を含めた三人で恋バナしたいって言ったんだよ？　圭が参加するのは当然じゃないですか！」

「人が二人いれば恋バナはできるだろ。私は無視して二人で話してろ」

「清水さんは私と恋バナしたくない？」

瀬戸がまっすぐこちらを見つめてくる。

「お前は私と恋バナしたいのかよ」

「したい。清水さんが本堂君のことをどう思っているのか清水さんの口から直接聞きたい」

「別に本堂の話をするとは限らないだろ！」

「いや、圭が恋バナするなら百パーセントの確率で大輝君は出てくるでしょ」

「そうそう、清水さんの恋バナに本堂君は絶対に登場する」

なんでこの二人は話す前から確信しているのか。

「いいから圭も恋バナしようぜ！」

「この三人で恋バナしたら絶対に楽しい」

ここで断っても部屋に戻ってから二人にまた同じことを言われそうだ。

「……しょうがないから恋バナしてやる。つまらなくても知らねえからな」

「やったぁ！」

「ありがとう清水さん」

「それでテーマは何にするんだよ？　私は考える気ないからな」

「澪ちゃんは何か話したいこと決めてある？」

瀬戸は数秒ほど考える素振りを見せてから口を開いた。

「昼にあったベストカップルコンテストの時に二人が思っていたことを聞きたい」

「おっ、いいね！」

「いいけどお前は何を話すんだ？」

「私は主に進行役。二人が私に聞きたいことがあればそれにも答える」

「まあお前がそれでいいならいいけどよ」

本人が進行役に乗り気ならば私から言うことは特にない。

「それでは始めていく。最初の質問、二人は今回少しの間だけど気になる人と疑似的な恋人になってみてどうだった？」

「最初から飛ばしてくるね、澪ちゃん」

私も最初はもっと軽い質問からくるものだと思っていた。

「愛先輩と清水さんにならば加減は不要だと思った」

「私は嬉《うれ》しかったよ。ウソでも陽介と恋人になれたのはなんというか叫んじゃいたい喜びが溢《あふ》れてたよね！　圭はどうだった？」

「……別にどうもしねえ」

「ウソだぁ。本音は？　ほら、私たちしか聞いてる人いないから大丈夫だよ？」

さすがに愛は私が適当なことを言っても納得しないか。

「……悪くはなかった」

「心キュンキュンするほど嬉しかったって言えばいいのに！」

「誰もそんなこと言ってねえ！」

一を聞いて十を知るとは言うが、愛の場合は残りの九は捏造《ねつぞう》だ。

「それで澪ちゃんは？」

「私？」

「うん、澪ちゃんはもし俊也《しゅんや》君と疑似的な恋人になったらどう思う？」

難しい質問な気がする。恋人になったらどう思うという質問だけでも考える必要があるのに疑似的、つまり本当の恋人ではないという条件まである。瀬戸はどう考えるのか。

「……松岡君の思っていることを知りたいと思う」

「どうして？」

「松岡君は私と恋人のフリをしていることをどう思っているのか気になるから」

「なるほど、澪ちゃんはそう考えるのか……」

フリとはいえ瀬戸と恋人になったら松岡なら号泣して喜びそうな気がする。

「ちなみに澪ちゃんは松岡君と疑似的に恋人になれたら嬉しい？」

「……嬉しいかは分からないけど面白そうだとは思う」

「松岡君も面白いと思ってくれるといいね」

「……うん」

瀬戸がコクリと頷《うなず》く。愛は松岡の気持ちを瀬戸に伝えるつもりはないようだ。

「進行役に戻る。告白について聞かれた時、二人とも相手が答えていたけどどう思った？」

確か愛の時は陽介がシンプルな告白をしたと答え、私の時は本堂が壁ドンして告白したと答えたはずだ。

「良かったね！　実際にそんな告白あったかもなってちょっと思っちゃったもん！」

「自分の記憶捏造するな」

「実際に告白される時もそんな感じでされたい？」

思わずギョッとする。瀬戸には既に明日の夏祭りの時に陽介が愛に告白することは伝えてある。もしかして今回の恋バナも愛が考える理想の告白のシチュエーションを聞くためにやっていたのか……。瀬戸を見るがいつも通り表情に変化はなく何を考えているか全く分からない。

「うーん、難しい質問だね。私の中でこういう言葉を言われたいとかこういう場所がいいとかってあまりないんだよね」

「じゃあ何もこだわりとかないのか？」

「いや、重視するものはあります！」

「それは何？」

「気持ちです！　清水愛という人間が大好きなんだって私に伝わる告白をしてほしい！」

「なるほど……」

陽介にどう説明したものか。気合を入れて告白しろとでも伝えておくか。

「清水さんは告白どうだった？」

「わ、私の場合は実際にあったことだっただろ」

「そうだね。ということは圭さん既に告白されていた？」

「あれはお前が本堂に言わせたんだろ！」

「ちぇ、覚えていたか……」

むしろ本堂が誰の指示もなくあんなことを言っていたら驚くどころではない。

「次の質問。清水さん、本堂君とハグしてどうだった？」

「なんで今回は私を狙い撃ちなんだよ！」

「ハグしたのは清水さんと本堂君だけ。それに愛先輩と坂田《さかた》先輩はハグし慣れてる」

「そこまで頻繁にハグしてるわけじゃないし、水着でハグはほとんどしたことないけどね」

愛が瀬戸の説明に補足を入れる。愛たちの場合、愛から勝手に陽介にハグしているだけだ。

「それでどうだったの、大輝君とのハグは？」

「それはその……」

本堂とハグしていた瞬間を思い出す。今でも本堂と触れ合った部分には熱が残っている気がする。

「あの時の圭は完全に大輝君とのハグを堪能してたからね」

「か、勝手なこと言うな」

「だったらどうだったのさ？」

「思ったよりもがっしりしてるなとか力強いなとか思ったくらいだ」

沈黙が大浴場を包む。愛と瀬戸の方を見ると生温かいとしか表現できない目で私のことを見つめていた。

「な、なんだよ、お前ら」

「いや、圭って案外ムッツリだよね」

「なっ！」

なんてことを言うのか、この姉は。言っていいことと悪いことがあるのではないか。

「だ、誰がムッツリだ！」

「私も清水さんはムッツリだと思う」

「お前もそっち側か！」

そんなはずはない。絶対に私はムッツリではないはずだ。ただ二対一では少々分が悪い。

私はゆっくり立ち上がった。

「も、もう十分話しただろ。私はもう風呂上がるぞ」

「ええ！　肩が温まってきてここからが本番じゃないですか！」

「いつまでここで話す気だよ。のぼせるぞ。私は先に出て外で涼んでくる」

「しょうがないなぁ。いいけどもう外は結構暗いから気をつけるんだよ」

「何歳だと思ってんだよ」

私は風呂から上がり脱衣所へと足を進めた。

※　※　※

(どうしよう、眠れない)

消灯した薄暗い部屋の中で僕は目が完全に冴《さ》えてしまっていた。

陽介さんに視線を向ける。余程疲れていたのか、布団に入ってから十分も経《た》っていないのに陽介さんは静かに寝息を立てていた。

『明日、愛に告白するから夏祭りの時に俺と愛をなんとかして二人きりにしてほしい』

先ほどの陽介さんの発言が頭の中で再生される。まさか合宿中に告白するつもりだったなんて思っていなかったから本当に驚いた。陽介さんが言うには、事前に話してしまうと愛さんに気づかれてしまうかもしれないと思い直前になって話したのだという。

(それにしても告白か……)

胸のドキドキが収まらない。このままでは眠れず明日に支障をきたしてしまいそうだ。

僕は頭を冷やすため、外に行くことにした。

外に出ると夜空には数えきれないほどの星々が輝いていた。そんな夜空に視線を向けているとどこからか声が二人分聞こえてきた。しかもそのうちの片方は聞き覚えのある声だった。僕は声のする方に急いで向かった。

「……って！」

「……だろ！」

街灯の下に見えたのは清水さんと知らない男の人だった。この距離からだとなんだか言い争っているようにも見える。頭の中で閃《ひらめ》きがあった。清水さんはもしかしてナンパされているのではないだろうか。僕は走ってきた勢いのまま二人の間に割って入った。

「僕の大切な人に何か用ですか？」

あっけにとられたような顔をしているお兄さんを精一杯睨《にら》みつける。

「本堂、どうしてここに。というか大切な人って……」

清水さんに視線を向ける。顔が少しだけ赤い気がするけど、見た感じあまり変わった様子はない。安心して再びお兄さんに視線を移す。その瞬間、ガシッと両肩を勢いよく摑《つか》まれる。とっさに見たお兄さんの顔はなぜかほっとしているように見えた。

「助かった！　彼氏さん、ここがどこか教えてください！」

「へ？」

「本当にありがとうございました！　この恩は忘れません！」

結論から言うとお兄さんの目的は清水さんのナンパではなかった。一人旅の道中で道が分からなくなり更にはスマホの充電も切れ、途方に暮れている時に偶然にも清水さんに出会い道を聞いていたのだった。

清水さんも教えたいのは山々だったが、スマホを部屋に忘れ土地勘もなく教えられずに困っていた。そんなところに僕が現れたのだった。僕はスマホを持ってきていたのでなんとかお兄さんの道案内をすることができた。

「いえ、むしろ最初に睨んでしまってすみませんでした」

お兄さんに向かって頭を下げる。

「いや、俺だって彼女と知らない男が話してたらあんな風になりますよ。だから気にしないでください。それじゃあ、俺はそろそろ行きます！　彼女さんとお達者で！」

「だからそれは違うんです……」

「諦めろ。ソイツ、人の話を聞かねえから」

最後まで誤解が解けることはなく、お兄さんは僕たちのもとから去っていった。そして僕と清水さんだけがこの場に残ったのだった。

「……お兄さん、行っちゃったね」

「騒々しい奴《やつ》だったな」

「ははは……」

確かにあのお兄さんは少し賑《にぎ》やかな人だったかもしれない。

「清水さんはどうして外にいたの？」

「涼みに来ただけだ。そういうお前はなんで外に来たんだよ」

陽介さんは清水さんにも明日、愛さんに告白することを話したと言っていた。だから僕が外に来た理由を伝えても問題ないはずだ。

「明日の夏祭りの時のこと考えててさ、ちょっとドキドキしちゃって」

「陽介から聞いたのか」

「うん。と言ってもさっき聞いたばかりだけど」

「それじゃあ瀬戸には私から愛がいない時に伝えたから、愛以外は明日の告白のこと全員知ってるわけか」

「そうなるね」

愛さん以外の全員が協力者であれば、夏祭りの時に陽介さんと愛さんを二人きりにするのもおそらくそこまで難しくないだろう。

「……明日の告白うまくいくといいね」

「陽介がヘタレなきゃなんとかなるだろ」

「それならきっと大丈夫だね」

そこで会話が途切れ二人の間に沈黙が流れる。先に口を開いたのは清水さんだった。

「おい、本堂」

「何、清水さん？」

「お前はこれからどうするんだ？」

「部屋に戻るかちょっと迷ってる。清水さんは？」

「まだ部屋に戻るつもりはねえ」

「それなら僕も清水さんが戻りたくなるまで一緒にいてもいい？」

大丈夫だとは思うけど、知らない土地で夜に清水さんを一人にするのは少し心配だ。

「……勝手にしろ」

「ありがとう」

清水さんが夜空に目を向けたので、僕もそちらに視線を移す。輝く星々を見ている最中、清水さんに言い忘れていたことがあったのを思い出した。

「清水さん、ごめんね」

「なんのことだ？」

「結局さっきのお兄さんに僕と清水さんが恋人だと勘違いされたままだったからさ」

道案内の途中で何度も説明したが、お兄さんには最後まで聞き入れてもらえなかった。

「アイツは人の話を聞かねえ奴だったからお前のせいじゃねえだろ」

「そうかもしれないけど、僕と恋人と思われるのは嫌だったんじゃないかなと思って」

海水浴場でのコンテストの時にも周囲の人に恋人だと思われていたかもしれないけど、あの時の清水さんは愛さんとの勝負だと思ってやっていたはずだ。

「それは……」

少し待ってみたけど清水さんの口からは肯定の言葉も否定の言葉も出なかった。きっと僕を傷つけないように気を遣ってくれたのだろう。

静かに星を眺める。その沈黙を破ったのは清水さんだった。

「さっきもそうだったけど、お前もう少し言葉遣いに気をつけた方がいいぞ」

「教えてほしいんだけど、どの言葉がダメだった？」

清水さんが嫌な気持ちになったのであれば、次からはその言葉は避けるようにしたい。

「……分からないのか？」

「ごめん。分からないから教えて」

清水さんの目を見つめる。数秒間の沈黙のあと、清水さんはようやく口を開いた。

「お前、さっき私のこと大切な人だって言っただろ。誰にでもそういうこと言ってると後で酷《ひど》い目にあうぞ」

そういえば清水さんとお兄さんの間に割って入った時、そう言った記憶がある。ただ清水さんは少しだけ勘違いをしているようだ。

「それは大丈夫だと思うよ」

「大丈夫じゃねえだろ。人によっては勘違いするかも……」

「そうじゃなくてさ、僕だって誰にでも大切な人だって言うわけじゃないよ」

「なっ……」

「うまく言えないんだけど、清水さんは僕にとって他の誰とも違うんだよ。とっさに大切な人だって言っちゃう人は清水さんだけだと思う」

俊也や瀬戸さんなら友達、陽介さんや愛さんなら先輩、輝乃《きの》なら家族だと僕は言うだろう。やはり大切な人と表現する人は清水さんだけだ。ただ言ってしまってから思ったけど僕は結構大胆なことを言ってしまったのではないだろうか。

少しの間、清水さんからの返答を待っていたが清水さんは何も話そうとしない。

「清水さん？」

「……こっち見るな」

清水さんは明らかに僕から顔を逸《そ》らしている。

「なんで？」

「な、なんでもだよ！」

「わ、分かった」

これ以上突っ込んではいけない気がする。僕は再び夜空に視線を移すのだった。

第六章　清水さんと人狼ゲーム

合宿二日目の朝、僕たち天文部は朝食を食べ終え全員で廊下を歩いていた。

「朝食おいしかったね！　さて、夕方までの街散策どこから行こうか？」

「愛《あい》、そのことなんだが……」

「どうしたんですかい陽介《ようすけ》、そんな暗い顔して？」

「俺、今日の街散策ちょっと無理かもしれん」

「ひょえ？」

愛さんは鳩《はと》が豆鉄砲を食ったような顔になった。

「あの、僕も昼の間ずっと街を歩くのは難しいかもしれません」

「私もなるべく夏祭りまで動きたくない」

「えっ、二人まで！　急にどうしたの？」

「痛いんだよ」

「どこか痛むところがあるの？　どこが痛いの？」

愛さんは心配そうな表情をしている。

「……全身の筋肉が痛いんだよ」

その一言を聞いた愛さんはほっとした表情になった。

「なんだ筋肉痛かぁ。まあ確かに昨日は海で遊びまくったからね。大輝《だいき》君と澪《みお》ちゃんもそうなの？」

「……はい」

瀬戸《せと》さんが無言で頷《うなず》く。昨日の反動か全身の筋肉が悲鳴を上げているように感じる。

「お前ら揃《そろ》いも揃って筋肉痛なのかよ」

「はは……」

苦笑いしかできない。僕からすれば昨日あれだけ動いたのに、疲れの見えない清水《しみず》姉妹が不思議なのだけれど。

「それならしょうがない。今日の街散策は中止して何か室内で遊べるゲームをしよう！」

「すまないな」

「ここで無理して夏祭りの時にみんなで楽しめないのが一番悲しいからね。よし、そしたら準備ができたら男子の部屋に集合ってことで！　陽介と大輝君は私たちが行くまでに部屋を片付けておいてね！」

「分かりました」

こうして僕たちは一旦それぞれの部屋に戻ったのだった。

「考えたんだけどさ。人狼《じんろう》ゲームで遊ばない？」

「人狼ゲームですか？」

およそ二十分後、天文部は僕と陽介さんが泊まっている部屋に全員集まっていた。

「そう、前に友達とやって楽しかったから、このメンバーでもやってみたかったんだよね」

「俺はよく知らないんだが、人狼ゲームってどういうゲームなんだ？」

「そういえば陽介とはやったことなかったね。他に分からない人いる？」

「すみません。分からないです」

「私も詳しくは知らない」

「……さっさと教えろ」

どうやら愛さん以外は人狼ゲームについて詳しくないようだ。

「オッケー。みんな分からないっぽいからなるべく分かりやすく説明するね。人狼ゲームは簡単に言うと、村の平和を守りたい村人サイドと村人たちをモグモグしたい人狼サイドに分かれてそれぞれ勝利を目指すゲームだよ」

「二陣営に分かれて戦うのか」

「そうだね。人狼サイドの勝利条件は人狼の数が村人サイドの人の数以上になること。村人サイドの勝利条件は全ての人狼を追放すること」

「さっきから気になってたけどその人狼ってなんなんだよ」

ゲームの名前の一部になっているくらいだから重要な何かなんだろうけど、今のところ何者なのか僕も理解できていない。

「人狼は人狼ゲームの役職の一つなんだけどそれも後で説明するね。まずは大まかな人狼ゲームの進め方について話していくよ。まずは役職決め。それぞれの役職がランダムに決められます。ここでどっちの陣営になるかも決まるね」

「役職は基本的に陣営ごとに固定というわけか」

「さすが陽介、理解が早い！　それが決まったら後はターン制でゲームは進行していくよ。最初は夜のターン、次は朝のターン、その次は夜のターンって感じでどちらかの陣営が勝つまでターンを繰り返していく感じだね」

「朝と夜のターンにはそれぞれ何をするの？」

「まず夜のターンはその役職の能力が使えるの。例えば人狼だと村人を食べてゲームから脱落させるとかだね。それで朝のターンには投票ができて、その投票で一番票を獲得した人は追放されてしまうんだよ」

追放という言葉はさっき村人サイドの勝利条件の話に出てきた気がする。

「村人サイドは朝のターンに投票で人狼を追放することによって、対する人狼サイドは夜のターンに人狼の能力で村人サイドの人を減らしていくことで勝利を目指していくわけか」

「その認識で合ってるね。次に役職について説明していくね。人狼ゲームにはたくさん役職があるんだけど今回の人狼ゲームで登場する役職は四つ。村人サイドは村人と占い師、人狼サイドは人狼と狂人。それぞれの役職について説明していくね」

「分かりやすく頼む」

「オッケー！　まずは村人。この役職には能力はないよ。投票を頑張ろう！　次に占い師。占い師は夜のターンに一回占いができて人狼以外なら白、人狼は黒と判定が出るよ。人狼を探し当てられる役割だから責任重大！　頑張って人狼を見つけよう！」

「なるほど、人狼サイドの役職は？」

「人狼はさっきも少し言ったけど、夜のターンに誰か一人を脱落させられるよ。今回は人数が少ないから脱落させられるのは二回目の夜からにするね。狂人は人狼の協力者だよ。能力はないけど人狼が朝のターンの投票で選ばれないようにうまく立ち回ろう！　ちなみに狂人は占い師の占いでは白と出るから注意してね」

「狂人はどうやって人狼の手助けをすればいいの？」

　確かに能力がないのであれば狂人は朝のターン、投票以外に何もできない気がする。

「一つ例を挙げるなら、占い師のフリをするとかだね。占い師が二人いたらどっちが本物か分からなくて混乱するでしょ？」

本物の占い師が人狼を見つけて黒だと言っても、狂人が扮《ふん》する偽の占い師が別の人を黒だと言えば、他の人たちからすればどっちが本当のことを言っているか分からないわけか。

「まあ後はやりながら覚えていこう！　今回の人狼ゲームは村人が二人、占い師一人、人狼一人、狂人一人でやっていくよ。今回のゲームの進行には私のスマホに入れてる人狼ゲームのアプリを使うね。順番に私のスマホ回していくから役職の確認よろしく！」

こうして天文部員たちによる人狼ゲームが始まった。


何度か人狼ゲームをしてみて分かったのは、愛さんは人狼サイドの時に場をかき乱すのがうまく、陽介さんはみんなの意見をまとめ人狼を見つけ出すのが上手で、瀬戸さんは持ち前のポーカーフェイスで人狼の時でも動揺せずに立ち回るのが上手であるということだ。

「投票の結果、最も多く票を集めたのは圭《けい》さん！　そしてその圭さんは……人狼です！」

「なんで分かんだよ！」

「だって顔に出てるというか……。ちょっとソワソワしすぎだよ」

清水さんは人狼の時は周りを気にして怪しまれ、村人サイドの時は人狼サイドの言葉に流され人狼じゃない人に投票し、天文部のメンバーの中で最低の勝率となっていた。

「まあそろそろみんなもルールとか役職ごとの立ち回り分かってきたよね？　ということで次から負けた陣営には罰ゲームありでやっていきたいと思います！」

「おい、そんなの聞いてねえぞ！」

「そりゃ言ってないからね。でもゲームは何かリスクがあった方がドキドキするじゃないですか！　それとも圭は負けるのが怖いのかい？」

「愛さん、その言い方だと……」

清水さんの方を見る。その目は既に闘士で燃えたぎっていた。

「やってやる！　だけど負けた後に文句言っても聞かないからな！」

「オッケー。一名様ご案内。みんなもいいかな？」

陽介さんと瀬戸さんに視線を移す。冷静に考えてみれば、これは夏祭りの時に陽介さんと愛さんを二人きりにできるチャンスなのではないか。二人もそう思っていたようで無言でコクリと頷いた。

「俺はいいぞ」

「僕も大丈夫です」

「私も問題ない」

「三名様追加です！　よし、それでは始めましょうか！　罰ゲームあり人狼スタート！」

僕の今回の役職は村人だった。そのため夜のターンにできることはなく、そのまま最初の朝のターンを迎えた。

「それでは朝のターンの制限時間はさっきまでと一緒の五分でいくよ！　スタート！」

「何か報告したいことがある人は手を挙げてくれ」

するとと三人が一斉に挙手をした。挙手したのは陽介さん、愛さん、清水さんだった。

「三人か……。誰か手を下げる人はいないか？」

「私は下げないよ」

「下げる気はねえ」

「そうか。俺は下げるぞ」

「は？」

そう言って本当に陽介さんは手を下ろした。

「陽介、お前怪しすぎだろ。何がしたかったんだ？」

「二人が挙手すれば狂人が手を挙げにくくなると思ってな。それで手を挙げたんだが効果はなかったようだ」

「それじゃあお前は村人なのか？」

「ああ、ややこしいことをしてすまない」

陽介さんが軽く頭を下げた。

「それなら愛先輩と清水さんは自称占い師？」

「もちろん！　ばっちり占いましたとも！」

「自称じゃねえ。本当に占い師だ。ちゃんと占った」

「清水さん、愛さん、占い結果を教えてください」

二人の占い結果を聞かないことには判断材料がない。

「最初に言う方が有利だけど、それは圭に譲ってあげるよ」

「なんかムカつくな……。まあいい、本堂《ほんどう》を占って白だった」

僕の視点からだと清水さんが偽物の占い師の可能性はまだ残ってはいるけれど、本物の占い師の可能性が高くなった。

「ふーん、大輝君を占ったんだ」

「なんだよ！　ニヤニヤしやがって！」

「なんでもありませんよ。ちなみに私は澪ちゃんを占って黒でした」

愛さんから大事な情報が提示された。瀬戸さんが人狼か……。

「私は人狼ではない。愛先輩怪しい……」

愛さんの方を見つめる瀬戸さんはやはりいつもと表情は変わらない。

「私が本当の占い師だから愛の占いはでたらめだ！」

「圭さんったら守るべき狼《おおかみ》さんが見つかって焦っちゃったんですかい？」

「ちげーよ！」

「愛、煽《あお》るな。ただ二人の占いの結果から考えるに、今の時点で瀬戸が人狼の可能性が一番高いのも事実だな」

「というと？」

「愛が本物の占い師の場合、瀬戸は間違いなく人狼だ。それに圭が本物の占い師の場合でも俺と愛と瀬戸のうちの誰かが人狼だから、瀬戸が三分の一の確率で人狼だ。そのため単純に確率だけで考えるなら瀬戸が人狼の確率が最も高いわけだな」

「そういうこと！」

「お前、理解してなかっただろ」

「確率の計算は勉強したよ！」

清水姉妹のやり取りは一旦スルーして、確かに現時点で瀬戸さんが人狼の可能性が一番高いのは間違いではないようだ。

「とにかく愛は本当の占い師じゃねえ！」

「それなら圭は誰が人狼だと思うの？」

「それは……」

清水さんと目が合う。あれ、清水さん、僕のこと人狼じゃないって言ってくれたよね？

なぜか清水さんの頬《ほお》が少しだけ赤く染まった気がする。

「圭さん、時間ないですぜ」

清水さんの視線が逸《そ》れた。そして清水さんの視線はとある一人に向いた。

「お前が人狼だ！」

「私？」

清水さんの視線の先にいたのは愛さんだった。

その瞬間、愛さんのスマホから議論の終了を告げる音が鳴った。

「投票ターイム！　人狼だと思う人に投票してね！」

愛さんからスマホを受け取りそれぞれが票を入れていく。全員の投票が終わりスマホは再び愛さんのもとへと戻った。

「投票の結果最も票を集めたのは……私!?　そして私は……」

はたして愛さんは人狼なのかそうでないのか。

「……人狼です。どうしてこんなことに」

愛さんは本当にショックなようだ。なんか、しなしなになってしまっている。

「そうか、ダメだったか……」

「一応、今回の役職を確認しようか。人狼は私、狂人が陽介、占い師が圭、村人が大輝君と澪ちゃんで合ってるよね？」

愛さん以外の全員が頷く。

「そうだよね。それで次なんだけど、みんなはそれぞれ誰に投票した？　私は澪ちゃん」

「俺も瀬戸だな」

「もちろん愛だ」

「僕も愛さんです」

「私も愛先輩」

愛さんが三票に瀬戸さんが二票か。どうやらギリギリの勝利だったらしい。

「あと一歩だったかぁ……。私に投票した人はなにゆえ投票したの？」

「最初に怪しいと思ったのは三人が手を挙げた後に坂田《さかた》先輩が手を下げた時」

「えっ、もうそこから！」

「坂田先輩が自分から場を混乱させるような行動をとるとは思えない。きっと狂人として占い師のフリをしようとしていたら、人狼まで手を挙げてたから慌てて手を下げたのだと思った」

「それで人狼は私か圭のどちらかだと思ったんだね」

「そう。それでその後に私を人狼だと言った愛先輩が人狼なんだと思った」

瀬戸さんはそこまで考えていたのか。僕は陽介さんが怪しいとは全然思っていなかった。

「その推理を投票前に披露しなかったのはなんで？」

「坂田先輩が狂人だと言っても信じてもらえるか怪しかったのと、そもそも言うタイミングがなかった。愛先輩と坂田先輩が私に反論させないようにしたのではと思ってる」

「そうだな。なるべく瀬戸が話せないようにしようとはしていた」

「無駄な努力になっちゃったけどね。圭も理由は一緒？」

みんなの視線が清水さんに向く。

「も、もちろん分かっていたに決まってるだろ……」

目が泳ぎまくっている。誰がどう見ても真偽は明らかだろう。

「圭さん、バレてますぜ」

清水さんと再び視線が交わる。無言で頷く。清水さんは察したようだ。

「そうだよ！　勘だよ！　でも私からしたら愛が怪しいのはホントだっただろ！」

「それはそうだけどさ……」

愛さんも若干呆《あき》れ気味《ぎみ》だ。

「そういえば大輝君は？　大輝君は陽介の話を聞いてくれてたから、澪ちゃんに投票してくれると思ってたんだけどなぁ」

「途中まではそのつもりだったんですけど……」

「どこで気持ちが変わったの？」

「最後に清水さんが愛さんが人狼だって言った時ですね」

「そこ⁉　圭が苦し紛れに適当なこと言ったって思わなかったの？」

確かにその可能性も本当はあったのか。

「清水さんがウソを言ってるようには見えなかったので。それに……」

「それに？」

「清水さんに騙《だま》されるならそれでもいいかなって」

「なっ！」

自然と声のした方に目が行く。そこには真っ赤になった清水さんがいた。

「……なるほどね。私と陽介は大輝君のビッグラブに負けたわけか」

「な、何がビッグラブだ！」

「誰へのとは言ってないけど？」

「お前！」

清水さんが愛さんを親の仇《かたき》のように睨《にら》みつけているが全く効果はないようだ。

「とにかく負けは負け。潔く罰ゲームを受けようじゃないですか！」

「お手柔らかに頼む」

罰ゲームを考える時間に移ったようだ。そうだ、この組み合わせなら……。

「決めたぞ！」

清水さんが目をメラメラさせながら愛さんを指差した。清水さん分かっているだろうか。

ちょっとだけ心配になる。

「夏祭りの時に陽介と一緒に誰もいない所まで行って写真を撮ってこい！」

良かった、ちゃんと陽介さんと愛さんを二人きりにすることを忘れていなかったようだ。

清水さんから罰ゲームの内容を聞いた愛さんは一瞬ポカンとしていた。

「えっ、そんなのでいいの？　私はてっきり逆立ちして民宿の周りを十周とか言われると思ってたのに……」

「私をなんだと思ってるんだ」

「私は全然いいけど、むしろ澪ちゃんと大輝君はそれでいいの？」

「はい」

「私もそれでいい」

まあ愛さん以外は夏祭りの時に陽介さんと愛さんを二人きりにしたいと考えているから反対する人はいないだろう。

「ならいいかぁ……。よし、陽介、誰もいない所まで行って心霊写真撮るよ！」

「指定されていない条件を追加するな」

愛さんは少し残念がっているけど怪しんではいないように見える。なんとか告白の第一関門は突破したみたいだ。

「それでは罰ゲームも決まったことだし、罰ゲーム人狼二回戦始めていきますか！」

「まだやるのか……」

「もちろん！　また私のスマホ回すから役職確認よろしく！」

ここで罰ゲーム人狼をやめようとみんなで言い出すと愛さんが不審に思うかもしれない。

みんなもそう思ったのか分からないが、特に罰ゲーム人狼への反対意見は出ずに罰ゲーム人狼二回戦が始まろうとしていた。


「みんな役職は確認したね！　それでは罰ゲーム人狼二回戦スタート！」

「何か報告をしたい人はいるか？」

手を挙げる。今回の僕の役職は狂人だ。さっきみたいに人狼の人と一緒に手を挙げるのが怖いけど、もし占い師の人だけ出て人狼を当ててしまっていたらゲームが終わってしまう。

周囲を見ると手を挙げていたのは僕の他には瀬戸さんだけだった。

「瀬戸と本堂君か。どちらが先に話す？」

「私から話す」

「その次に話します」

僕は人狼の人が分からないので本当の占い師である瀬戸さんの占いを聞いてからの方が動きやすい。気にしていなかったけどさっき愛さんが清水さんに順番を譲ったのもそれが理由だったのかもしれない。

「分かった。そしたら瀬戸から頼む」

「清水さんを占って黒」

「は？」

あ、終わったかもしれない。

「わ、私じゃねえ！」

「落ち着け。まだお前だと決まったわけじゃない。本堂君の話も聞こう」

どうしよう。僕が偽物の占い師なのだから、瀬戸さんは本物の占い師だ。その瀬戸さんが言っているのだから清水さんはほぼ確実に人狼だ。ここからなんとかするためには……。

「本堂君？」

「……愛さんを占って黒でした！」

「なんですとぉ！」

このままではさっきと同じ流れになってしまうので誰かを黒という必要がある。迷った結果、僕は愛さんを人狼ということに決めたのだった。

「まずいな。これだと……」

「おい、陽介！　私は黒じゃねえ！」

「私だって真っ白！　純白だよ！」

「……こうなるよな。愛と瀬戸は圭に、圭と本堂君は愛に投票するから結局は俺がどっちに投票するかの問題になる」

仮に陽介さんが僕や瀬戸さんに投票しても、決戦投票になるので陽介さんは清水さんか愛さんに投票することを強いられる。

「そうなると先に占い結果で黒と言った瀬戸を信じたいが……」

「瀬戸はそれくらいのウソならつけるだろ！」

「そうなんだよな。瀬戸は意外とアイアンハートだからそれくらい表情を変えずに言えてしまうんだよな……」

「否定はしない。だから最後は坂田先輩が愛先輩と清水さんのどっちを信じるか」

「全ての責任を俺にパスしないでくれ」

「いや、今回の全責任は陽介にあるよ！」

「なんでお前は追い詰める側にいるんだ」

愛さんは今回絶対に村人のはずなのに怪しく見えるのはなぜだろう。

「とにかく私を信じて陽介！　主に投票して！」

「こんな奴《やつ》信じるな！　愛に投票しろ！」

なんか天使と悪魔のささやきみたいになっている。厄介なのは陽介さんからはどちらが天使でどちらが悪魔か分からないところだろう。

「本当にどっちなんだ……」

陽介さんが苦しそうにする中、議論の終了を告げる音が鳴り響いた。

「終了！　投票タイムに入るよ！」

愛さんからスマホを受け取り黙々と投票する。

「投票終わり！　それでは投票結果を発表するね」

ドキドキする。清水さんと愛さんどちらが選ばれたのだろうか。

「投票の結果最も票を集めたのは……圭！　そして圭は人狼！　村人サイドの勝利です！」

ダメだったようだ。ただ最後まで陽介さんは悩んでいたから惜しかったとは思う。

「当たっていたか。本当に良かった……」

陽介さんは心底ほっとしているように見えた。

「陽介、私を信じてくれたんだね！　嬉《うれ》しい！」

「お、お前を信じたわけじゃない。瀬戸の方が先に黒と言ったから、それを決め手にしただけだ」

「またまた照れちゃって！」

愛さんはなんだか嬉しそうだ。ふと清水さんに視線を移す。清水さんは苦虫を嚙《か》み潰《つぶ》したような顔をしていた。

「陽介……後で覚えとけよ」

「ちょっと冷静になれ。俺のせいではないだろ」

「そうそう、圭は私と陽介のビッグラブに負けたんだよ！」

清水さんに向かって愛さんがウインクを飛ばす。

「火に油を注ぐな」

「ぐぬぬ……」

顔を見る限り清水さんは本当に悔しそうだ。

「負けた圭と大輝君には罰ゲーム！　何をしてもらおうかな……」

「あっ」

僕と清水さんの声が重なる。清水さんも忘れていたようだ。

「私は手加減しませんよ？」

いつもの笑顔なのになぜだか今は恐怖を感じる。

「ちょっと罰ゲーム用のアイテム持ってくるから待っててね」

そう言うと愛さんは部屋から出ていってしまった。

「おい、陽介。頼み聞いてやったんだからなんとかしろ！」

「その借りは絶対に後で返すが今は無理だ。あのテンションの愛を止めたら今度は標的が俺になる」

「瀬戸！」

「坂田先輩と同じ理由で無理」

「お前ら後で罰ゲームになった時は覚えとけよ！」

結局愛さんが来るまでの間、清水さんは陽介さんと瀬戸さんにずっと助けを求めていたが悉《ことごと》く拒否されていた。

「今回の罰ゲームに使うアイテムはこれ！」

そう言って愛さんが取り出したのは棒状のスナック菓子が入った箱だった。

「……なんだ、そんなもんか」

「あれ、反応薄いね。圭はこのお菓子で何をすると思ってる？」

「それはあれだろ。その……二人で食べさせあえって言うんだろ」

それであれば前にもタコ焼きで同じようなことをしたので、ドキドキはすると思うけど大丈夫だろう。

「ちょっと違うね。正解はこのお菓子を端と端から食べていくのでした！」

「は？　はぁ!?」

清水さんの動揺が僕にも伝わってくる。僕も口には出していないが相当焦っていた。

「題して度胸試しゲーム！　お菓子を折った方は更に罰ゲームね」

「そんなのアリかよ！」

「本来はこれくらいのをさっき私が負けた時も想定してたんだけどね」

「さすがにダメだろ！」

「なんで？」

「だってそんなのどっちも折らなかったらキ……」

清水さんの顔が徐々に赤くなっていく。清水さんの言う通り仮にどちらも折れなければ唇と唇が……。

「だったら折ればいいのでは？　まあ圭は臆病だからすぐに折っちゃうよね」

「……せ」

「何、圭？　声が小さくて聞こえないよ？」

「早くその菓子よこせ！　すぐにケリをつけてやる！」

とてもまずい。こうなった清水さんは誰にも止められない。

愛さんからお菓子を受け取った清水さんはその端を口に咥《くわ》えた。

「ん！」

お前も咥えろということだろう。僕はお菓子のもう一方の端を咥えた。

「よし、二人とも準備はいいね！　三分の二以上は食べなきゃやり直しだよ！　度胸試しゲームスタート！」

始まってしまった。今さらっとルールが増えたし。今、僕と清水さんはいつも話している時よりずっとずっと近くにいる。その距離は棒状のお菓子一本分しかない。冷静になろうとしても視覚からくる情報の多くを清水さんが占めてしまっている。清水さんのまつ毛ってこんなに長かったんだなということしか考えられない。

「おーい、二人ともそんな見つめあってないで。ゲームはもう始まっているぜ？」

そういえば清水さんとの距離が変化していない。清水さんをよく見ると今までと比較にならないほど顔が真っ赤になっていた。どうやら正気を取り戻して恥ずかしくなってきたらしい。

「これ以上どちらも動かないなら罰ゲーム追加しちゃおうかなぁ？」

愛さんは次に自分が罰ゲームを受ける時のことを考慮していないらしい。ただこのまま硬直して罰ゲームが増えるのは僕にとっても清水さんにとっても良くない。僕はゆっくり清水さんの方に向かって、口に含んだお菓子を食べながら進み始めた。

「ん⁉」

清水さんが驚いているのが伝わってくる。なるべく早く終わらせた方が清水さんの負担も少ないだろう。少しずつではあるけど着実に僕はお菓子を食べながら清水さんの方へと向かっていった。

「もうちょっとで半分！　頑張れ、頑張れ！」

まだあるのか。正直心臓の鼓動がすごい。清水さんも段々と目がトロンとしてきて限界が近いように見える。

「圭、待ってるだけでいいの？」

その声が届いたのか清水さんはシャキッとした表情になった。そしてゆっくりとこちら側に近づいてくるのだった。

（清水さんってやっぱりすごいな）

なぜこのタイミングでそう思ったのかは分からない。ただこの気持ちに偽りがないことだけは確かだった。

二人がゆっくりと食べ進めているので距離が徐々に縮まっていく。残りはもう数センチ。折ってしまってもいいはずだ。ただ自分から折る気にはなぜかならなかった。

清水さんも僕をまっすぐ見つめている。そんな清水さんが急に視界から消える。

一瞬何がなんだか分からなかったが、どうやらお菓子が折れたようだ。

「私は折ってねえ！」

「僕も折ってないです」

「どうやら勝手に折れちゃったみたいだね。二人とも折ったわけじゃなさそうだし追加の罰ゲームはなしでいいかな」

新たな罰ゲームはないようでとりあえずほっとする。たださっきの僕は何を考えていたのだろう。あのままでは清水さんと……。

「本堂君、顔が赤い。大丈夫？」

「うん……」

大丈夫ではない気がする。ただ具体的に何がダメなのか今の僕には説明ができなかった。

「そろそろあの三人も来るだろうか」

合宿二日目の夕方、僕と陽介《ようすけ》さんは民宿の前で天文部の女子三人を待っていた。告白の時間が少しずつ迫ってきているからか、陽介さんはいつもと比べてソワソワしているように見える。

「陽介さん、大丈夫ですか？」

「問題ない……と言いたいが緊張しているのは確かだな」

陽介さんが笑顔を見せるがそれはどことなくぎこちない。

「僕は告白なんてしたこともされたこともないですけど、とても勇気がいることなんだと思います。だから陽介さんが愛《あい》さんに告白しようとしているのは本当にすごいと思います」

「本堂《ほんどう》君……。ありがとう、成功するかどうかは分からないが精一杯頑張るよ」

「何を頑張るの？」

声のした方を振り向くとそこにはいつの間にか浴衣に着替えた愛さんたちが立っていた。

「お、お前、いつからここに⁉」

「そんなに驚かなくても。ついさっきだよ」

「どこから俺と本堂君の話を聞いていた？」

「え？　精一杯頑張るよと言ってたところからだけど」

ほっとした。愛さんは僕と陽介さんがしていた会話をほとんど聞いていないようだ。

「それよりもどう、この浴衣？」

愛さんが陽介さんの前でくるりと回ってみせた。どうやら水着の時のように陽介さんに褒めてほしいみたいだ。

「……綺麗《きれい》だ」

「へ？」

「その鮮やかな花が咲いた白い浴衣、お前に似合っていてとても綺麗だと思う」

陽介さんは愛さんから目を離さず、浴衣の感想を言い切った。

「ほ、ほお、いつもいいんじゃないかしか言ってこなかった陽介さんだとは思えないくらいちゃんとした感想ですね」

愛さんの方がタジタジになってしまっている。なかなか珍しい光景だ。陽介さんと愛さんに視線を向けていると袖を引っ張られた感触があった。視線を移すとそこには浴衣に着替えた清水《しみず》さんがいた。

「清水さんその浴衣って……」

「お前が着てほしいって言ったんだろ……」

改めて清水さんの全身を確認する。その綺麗な長い髪は後ろで束ねていてそれとは別に編み込みもしてある。浴衣は朝顔の柄の入った紺色の浴衣で、以前見た時に思った通り清水さんによく似合っていた。

「黙ってないでなんか言えよ」

「ちょ、ちょっと待って」

すぐに感想を言った方がいいとは思うけど、僕が今思っていることを残さず清水さんに伝えたい。

「……その浴衣、清水さんによく似合ってる。いつまでも見ていたいくらい綺麗だよ」

清水さんの動きが止まる。それと同時にパシャッという音と共に何かが光った。光った方を見てみるとそこにはスマホを構えた浴衣姿の瀬戸《せと》さんがいた。

「おい瀬戸、何撮ってるんだよ！」

「記念写真。旅先の思い出は多い方がいい」

「いいから早く消せ！」

「断る」

結局、そのツーショット写真は天文部の中で共有されることになるのだった。

「思っていたよりも人がいるな」

「賑《にぎ》わってますね！」

会場に着くとそこには既に多くの人がいてそれぞれが祭りを楽しんでいるように見えた。

「花火まではまだまだ時間があるからそれまで屋台でも順番に見ていくか」

「そうだね。焼きそばにタコ焼きにかき氷、それからわたあめにりんご飴《あめ》……想像しただけでもよだれが出そうだよ！」

「愛先輩、大判焼きとたい焼きを忘れている」

「お前らは食うことしか頭にねえのかよ……」

愛さんと瀬戸さんに清水さんが冷ややかな視線を送る。

「清水さんは楽しみにしてるものはないの？」

「そんなのねえよ」

「圭《けい》は大輝《だいき》君が近くにいればそれで満足だからね！」

「誰もそんなこと言ってねえだろ！」

「じゃあ違うの？」

「それは……」

清水さんと一瞬だけ目が合ったがすぐに逸《そ》らされてしまった。

「それくらいにしておけ。そろそろ行くぞ」

「はーい。みんなくれぐれもはぐれないようにね！」

「お前が一番はしゃいで迷子になりそうだけどな」


「次はあれをやってみようよ！」

そう言った愛さんが指差していたのは射的の屋台だった。

「おっ、やってみるかい嬢ちゃん。可愛《かわい》くても特別扱いはしないぜ？」

射的屋のお兄さんが愛さんに笑みを浮かべながら話しかけてきた。

「やってやろうじゃありませんか！　みんなもやろうぜ！」

「しょうがないな。せっかくだしやってみるか」

「待ってるのも暇だしやってやる」

「容赦はしない」

瀬戸さんがなぜか闘志を燃やしているのが気になるけどどうやらみんな乗り気のようだ。

「僕もやってみたいです」

「決まりだね！　おじさん、射的五人分よろしく！」

「お兄さんと言ってくれると嬉《うれ》しいね。一回三百円で弾は計五発だよ　銃は二つしかないから順番に頼むよ」

「オッケー！　それでは天文部射的大会開始！」

「ウソだろ……。嬢ちゃん何者だ？」

射的屋のお兄さんの顔から笑みが消えた。その原因は瀬戸さんが一番大きいプラモデルの景品を三発で落としたからだ。

「別に難しいことではない。おばあちゃんなら一発で落とす」

瀬戸さんも気になるけど、瀬戸さんのおばあちゃんは一体何者なんだろう。

「あと二発残っている。次は何を仕留めればいい？」

凄腕《すごうで》のスナイパーのような発言だ。瀬戸さんにこんな特技があったとは。

「……降参だ。頼むからあと一つ好きな景品で手打ちにしてくれないか？」

「お菓子の詰め合わせはダメ？」

「いいけど嬢ちゃんはいいのかい？　嬢ちゃんの腕ならもっといい景品も狙えるだろ？」

「さっき落としたプラモデルで私の目的は達成した。だから後はみんなで食べるお菓子があると嬉しいくらい」

「了解だ。それじゃあ袋に菓子を詰めるから持っていってくれ」

そう言って射的屋のお兄さんは袋いっぱいにお菓子を詰めて瀬戸さんに渡した。

「ありがとう」

「こちらこそ、それですましてくれて助かったぜ」

「お兄さん！　お菓子二個落としたよ！」

瀬戸さんの隣で射的をしていた愛さんの声がする。どうやら景品を撃ち落としたようだ。お兄さんが落ちたお菓子を回収し愛さんに届ける。

「はい、景品だ。嬢ちゃんには負けるけどね！」

「澪《みお》ちゃんには負けるけどね！　嬢ちゃんもいい腕だな」

「あの嬢ちゃんはうまいとかの次元じゃないからな」

お兄さんの目がどこか遠くを見ている。

「それにしても澪ちゃんはなんでプラモデル狙ってたの？　プラモデルに興味あった？」

超絶技能で忘れていたけど、確かになぜ瀬戸さんはプラモデルを狙っていたのか。

「……松岡《まつおか》君がこのプラモデル前に欲しいと言っていた気がするから」

瀬戸さんはボソッとそう口にした。あまり話題には出さないけど、俊也《しゅんや》は自室にいくつかプラモデルを飾っている。瀬戸さんは俊也と話をしてそのことを聞いていたのだろう。

「なるほど、俊也君のためか。俊也君、喜ぶといいね！」

「……うん」

頷《うなず》く瀬戸さんはいつもよりほんの少しだけ口角が上がっているように見えた。

「嬢ちゃん二人は終わったから次は兄ちゃんたちいいところ見せるかい？」

「陽介、澪ちゃんみたいにスーパーテクニック見せてあげて！」

「無茶《むちゃ》言うな。まあやれるだけやってみるか」

僕と陽介さんはどちらもお菓子一つという結果になり、なんともいえない感じであった。

「まあ悪くないんじゃないか？」

「よくもないけどね！」

「せっかくお兄さんに気を遣ってもらったのに追撃するな」

「最後は黒髪ロングの嬢ちゃんか」

「ああ、五発くれ」

清水さんはそう言ってお兄さんにお金を渡した。

「まいどあり。じゃあ五発確かに渡したぜ」

清水さんが弾を装塡《そうてん》し狙いを定める。そうして放たれた弾はちょうど景品と景品の中間を通過した。

「……圭、ちなみにどっち狙ったの？」

「……うるせえ」

清水さんが再び弾を装塡し狙いを定める。放たれた弾はさっきと全く同じ軌道を描いて屋台の壁に衝突した。

「再現性があると考えるか成長しないと考えるか微妙なラインだな」

「う、うるせえ！　黙って見とけ！」

三発目も四発目も結果はほとんど変わらず、この射的屋の周囲だけ沈黙の空間が生まれつつあった。

「……さすがにこのままだと可哀《かわい》そうだから、誰か最後の一発この嬢ちゃんに撃ち方教えてもいいぜ」

「それじゃあ本堂君が適任」

「え？」

「あれ、嬢ちゃんが教えるんじゃないのかい？」

「私には清水さんを矯正するのは不可能」

「やる前から諦めるんじゃねえ！」

「誰にでも不可能なことはある。本堂君、清水さんに撃ち方を教えてあげて」

まさか僕に回ってくるとは思わなかった。

「清水さん、僕が教えてもいい？」

「……ああ」

清水さんもこのままだとダメだとは思っているらしい。

「大輝君、実際に圭に手取り足取り教えてあげて！」

「何言ってんだ！」

「だって圭に口だけで教えるのは難しそうだし」

「いいかな、清水さん？」

「変なところ触ったら承知しないからな！」

撃ち方の指導でどこを触ると思っているのだろう。まあ許可してもらえたのでよかった。

「弾を詰めるところまではいいよね。次に銃の構え方なんだけどもう少し脇をしめて……」

後ろから抱きしめるような体勢になって清水さんの銃の持ち方を矯正する。

「……なるほど」

「清水さん？」

目が心なしかトロンとしている。心ここにあらずといった感じだ。

「圭～、抱きしめられて旅立っている場合じゃないですよ～」

清水さんの目に光が戻る。どうやら帰ってきたようだ。

「本堂、続き頼む」

「うん、それで照準を景品に定めて撃つ感じかな」

説明が終わったので僕は清水さんから離れた。

「……分かった」

「嬢ちゃん、兄ちゃんが離れて残念なのは分かるが撃つ方に集中した方がいいと思うぜ」

「余計なこと言うんじゃねえ！」

そう言いながら放たれた弾は見事に先ほどまでと変わらぬ軌道を描いた。

「……そろそろいい時間だし行くか」

屋台を巡って一時間ほど経《た》った頃、陽介さんがスマホで時間を確認してからそう呟《つぶや》いた。

「へ？　どこに？」

愛さんはなんのことだか忘れているようだ。

「罰ゲームで俺とお前は誰もいない所まで行って写真を撮ってくる約束だっただろ」

「ああ！　すっかり忘れておりました！　それでどこ行こうか？」

「調べたら少し歩くが神社があるようだからその裏まで行って写真を撮ってこよう」

「オッケー！　花火の時間が近くなってきたからマッハで罰ゲームを終わらせるぜ！」

「私たちは適当に屋台回ってるからとっとと行ってこい」

「ラジャー！　陽介、早く行くよ！」

「履きなれてない下駄だし人が多いんだから走ろうとするな！」

「じゃあ走らないように手繋《つな》いでおいて？」

「しょうがないな……」

陽介さんが愛さんの手を握る。

「ふふっ」

二人は手を繋ぎながら徐々に僕たちから離れていった。

「よし、そろそろ追跡するぞ」

「了解」

「え？」

二人が僕たちから離れて約一分後、清水さんが信じられないことを口にした。

「何腑《ふぬ》抜けた顔してるんだ。愛と陽介を追いかけるぞ」

「えっ、だってこれから陽介さん、愛さんに告白するんでしょ？」

「だからこそ。我々は先輩たちの告白を見届ける責任がある」

「珍しく意見があったな瀬戸。まあそういうことだ。スマホで調べれば近くの神社だったらすぐに分かるだろ。さっさと行くぞ」

そう言って清水さんはスマホを片手に二人が進んでいった方向に歩き始めた。瀬戸さんもその後ろに続く。清水さんと瀬戸さんは僕が何を言っても止まりそうにない。悩んだ末に僕も二人の後をついていくことにした。

「思ったよりも遠いな」

「周りが林でよかった。おかげで隠れる場所が多い」

（ついてきちゃったけど本当にいいのかなぁ……）

十分くらい歩いただろうか。僕たち天文部二年生の三人は陽介さんと愛さんを尾行していた。適度に距離をとっているため二人には気づかれていないようだ。

「そういえば昔もこうやって二人で夜に林の中を歩いたことあったよね！」

愛さんが陽介さんに話しかける声が聞こえてくる。

「あれはお前が林の中に一人で入ってそのまま日が暮れて迷子になりかけたからだろ……」

「そうだったね……。あの時は心細くて怖かったけど陽介が見つけてくれて嬉しかったな」

「……お前はそうやっていつもすぐにどこかに行くから心配なんだ」

月明かりしか光源がなく、距離もあるから顔色は全然分からないけど、陽介さんはきっと顔が赤らんでいるような気がする。話をしているうちに二人は神社にたどり着いた。

「どうする？　神社の周辺は隠れる場所少ないぞ？」

「仕方ない、時間はかかるけど周囲の木に隠れながらゆっくりと追跡する。私の後についてきて。それと手」

「手？」

「はぐれないように二人は手を繋いでおいて」

「なんで私たちだけなんだよ！」

清水さんが小声で瀬戸さんに抗議する。

「私はプラモデルで手が塞がっている」

瀬戸さんの持っている射的の景品のプラモデルは大きく、瀬戸さんは両手で持っていた。

「今更になって申し訳ないけど僕が持とうか？」

「いい、これは私が持っておきたい。ここではぐれられると面倒。だから早く手を繋いで」

「清水さん、いい？」

「……ほら」

清水さんが僕に手を差し出してくれた。僕は清水さんの手を離さないように固く握った。

「二人ともついてきて」

「うん」

「ああ」

僕たちは二人に見つからないよう細心の注意を払いながら尾行を続行した。

「おっ、見つけた。告白はまだみたいだな」

瀬戸さんの後についていくこと数分、僕たちは陽介さんたちにやや遅れて神社の裏側にたどり着いた。三人で木の陰に隠れながら二人の様子を確認する。愛さんと陽介さんは一緒に写真を撮っているところだった。愛さんの横で陽介さんがピースサインしている。

「はいチーズ！」

フラッシュがたかれる。愛さんがスマホを見る。写真が撮れているか確かめているようだ。

「うまく撮れたね。ミッションコンプリートしたし、みんなのところに戻りますか！」

「……ちょっと待ってくれ」

「陽介？」

「お前に伝えたいことがある」

その声は今まで聞いたことがないくらい真剣なものだった。

「えっ、どうしたんですか陽介さん？　そんな改まっちゃって？」

「愛、今だけはちゃんと聞いてくれ」

「……分かった」

愛さんもいつもの陽介さんとは様子が違うと理解したらしい。

「ありがとう。……色々考えてきたんだが伝えたいことは一つだ。愛！」

「は、はい！」

急な大声に驚いたのか、愛さんの返事はいつになく動揺しているように聞こえた。

「好きだ、昔から！　俺をずっとお前の隣にいさせてほしい！　付き合ってくれ！」

陽介さんが勢いよく頭を下げ右手を前に伸ばす。

愛さんは一瞬だけポカンとした後、小さく震えながらゆっくり両手で口元をおさえた。

「愛？」

陽介さんが恐る恐るといった感じで少しずつ頭を上げる。その瞬間、愛さんがすごい勢いで陽介さんを抱きしめた。

「私も陽介が好き！　地球で、いや、宇宙で一番陽介が好き！」

陽介さんが愛さんを抱きしめ返す。ほっとする。どうやら告白は無事に成功したようだ。

「……よかった」

隣を確認するとそこには優しい笑顔をした清水さんがいた。一年以上も清水さんと同じクラスだったけど、こんなに優しい笑顔の清水さんは見たことがない。二人がうまくいったことが本当に嬉しかったのだろう。

「ここまで見られたなら安心。後は二人より先に夏祭り会場に戻るだけ」

「そうだな」

そう言って会場に戻ろうとした次の瞬間、清水さんが動いたのと同時に下からバギッという何かが折れた音がした。

「あっ」

どうやら清水さんが足元にあった枝を踏んで折ってしまったらしい。

「誰かいるのか？」

音に気づいた陽介さんと愛さんが僕らの方に近づいてくる。

「逃げるぞ！」

「私はここに残る」

「なんでだよ。早く一緒に逃げるぞ」

「私は筋肉痛で速く走れない。そして荷物が大きくて逃げにくい」

さっき射的でとった景品のプラモデルがここにきて仇《あだ》となるとは。

「瀬戸……」

「誰か一人でもここで捕まれば先輩たちも足を止めるはず。早く行って、二人とも」

「……分かった」

「ごめん、瀬戸さん」

「いい。こういう役を一回でいいからやってみたかった」

僕と清水さんは瀬戸さんを残して来た道を急いで戻った。


「はぁ……、はぁ……、もう大丈夫かな？」

「……ああ、さすがにもういいだろ」

どれくらい走っただろうか。僕たちは夏祭り会場近くまで戻ってきていた。

「瀬戸さん大丈夫かな？」

「愛も陽介も瀬戸にならそこまで酷《ひど》いことはしないはずだろ」

「そうだといいけど。あれ、清水さん顔色悪いけど大丈夫？」

街灯に照らされた清水さんの表情はいつもより険しく見えた。

「……問題ねえ」

清水さんはそう言ってまた歩き出した。だけどその歩き方に僕は違和感を覚えた。

「清水さん、もしかして足が痛いの？」

慣れない下駄を履いてさっきまでずっと走っていたから、清水さんが足を痛めたとしても無理はない。

「……これくらい平気だ。会場にさっさと戻るぞ」

「ダメだよ。ちょっと足を見せて」

しゃがんで清水さんの足を確認すると鼻緒が接触していた部分が真っ赤になっていた。幸い血は出ていなかったけどこの状態では無理は禁物だ。

「ごめんね清水さん、こうなるまでに気づいてあげられなくて」

「別にお前のせいじゃねえ」

こんな時まで僕を気遣ってくれる清水さんは本当に優しい人なんだと思う。

「とりあえずどこか休めるところを探すね」

スマートフォンで調べてみるとこの近くに小さな公園があることが分かった。

「もう少しで公園があるみたいだからそこで休もう」

「ああ」

行く時はあまり気にしていなかったけれど、夏祭り会場から神社までの道中には小さな公園があったようだ。僕たちはその近くまできていたらしい。

「はい、清水さん」

僕は清水さんを背にしてしゃがんだ。

「なんだよ」

「公園までおんぶするから背中に乗って」

「なっ！　い、いらねえ！」

「だっこの方がよかった？」

「そういうことじゃねえ！」

「どういうこと？」

だっことおんぶ以外に運ぶ方向なんてあるのだろうか。肩に担ぐのはさすがに僕の体格だと難しい。

「お前と私の身長あまり変わんねえんだから、お前が私を背負えるわけねえだろ！」

一理ある気もするけど、清水さんは大事なことを忘れている。

「確かに身長は清水さんとそこまで変わらないけど僕は男だよ。清水さんをおんぶしたりするくらいできるよ」

体育の授業以外で体を動かすことはそこまで多くないけど、清水さん一人を背負えないほど貧弱ではないつもりだ。

「ほら、大丈夫だから」

再び清水さんに背中に乗るように催促する。

「……重いって言ったらぶっ飛ばすからな」

その声と同時に後ろから清水さんの手が僕の首に伸びてきて背中に重みを感じた。僕の両腕で清水さんの両足をしっかりと固定し、ゆっくり立ち上がる。

「清水さん、大丈夫？」

「ああ」

「それじゃあ、出発するね」

僕は清水さんを背負い公園に向かって歩みを進めた。

先ほどスマホで確認した感じだと公園まではそこまで遠いわけではないけど、清水さんを背負っていくとどうしても時間がかかりそうだ。

「……面倒になったらいつでも下ろせよ」

「面倒だなんて思わないよ」

「この変わり者……」

背負っているから清水さんがどんな表情をしているのか分からない。ただ今までの経験からそこまで不機嫌ではないように思えた。

ゆっくりと公園へと歩いていく。街灯だけが僕らを照らしていた。

「清水さん、一つ聞きたいことがあるんだけどいい？」

「ああ」

「この合宿楽しかった？」

「……色々あったけど、まあ良かったんじゃねえか」

「なら良かった」

僕が一緒に行きたいと頼んだ合宿だったので、清水さんが楽しんでくれて素直に嬉しい。

「お前はどうだったんだ？」

「僕？」

質問を返されるとは思っていなかった。今回の合宿について始まりから思い出してみる。

「過程も含めて楽しかったな」

「過程？」

「そう、清水さんと一緒にアルバイトしたり、天文部全員で合宿計画を立てたり、清水さんたちと一緒に浴衣選んだり、そういうことも含めて今日まで本当に楽しかったと思う」

「……そうか」

清水さんが僕を摑《つか》む力が少しだけ強くなった気がした。

「なあ本堂」

「何、清水さん？」

「今の私たちって他の知らない奴《やつ》らからはどう見えると思う？」

質問の意図は分からないけど考えてみる。似てないから兄妹には見えないだろう。ただのクラスメイトや部活仲間にしては距離が少しだけ近いかもしれない。考えていく中で一つの関係性が浮かび上がった。

「知らない人からしたら恋人に見えるかもしれないね」

そう考えると今回の合宿では僕と清水さんは恋人だと思われることを何度かしてきた。ベストカップルコンテストに出たりだとかナンパと勘違いして清水さんが知らない男の人と話しているところに割って入ったりだとか。

そんな合宿の思い出を辿《たど》っていて、清水さんからの返答がないことに気づいた。

「あれ、清水さん？」

「……嫌じゃないか？」

「何が？」

「だから私と恋人に見えるようなことして嫌じゃないかって言ってるんだよ！」

清水さんはそんな心配をしてくれていたのか。考えるまでもなく答えは決まっている。

「嫌じゃないよ。清水さんはどうか分からないけど、僕は清水さんと恋人に間違われても嫌だなんて思わないよ」

「……本当に誰にでも優しい奴だな」

なぜか分からないけど清水さんは僕が誰にでも優しい人だと思っているらしい。

「僕だって迷惑なときは迷惑だって言うよ。それがお互いのためだと思うから。清水さんが嫌だと思わないのは……」

言葉が続かない。まただ。清水さんのことを特別だと思う理由。それがどうしても言葉にできない。

「とにかく誰に見られて清水さんとの関係を勘違いされたとしても、僕はそのことを迷惑だなんて思わないから」

清水さんが僕を摑む力がまた強くなった。

「そんなお前だから私は……」

その先の言葉は聞こえなかった。多分だけど声に出していなかったのだと思う。

「清水さん？」

「なんでもねえ。まっすぐ前見てろ」

「う、うん」

それから僕と清水さんは一言も交わさず、公園までの道のりを歩んでいった。

公園にはいくつかベンチがあり僕と清水さんはその中の一つのベンチに少し間を開けて座った。

「今、愛さんに連絡した。夏祭り会場を歩いていて少し疲れたから休むために近くの公園に来たって言っといたよ」

それならここで休んでいることにも説明がつく。三人もそのうちここに来ることだろう。

そんなことを考えているといきなり夜空が轟音《ごうおん》と共に打ち上げ花火によって照らされた。

どうやらいつの間にか花火の開始時刻になっていたようだ。

一発、二発、三発と色とりどりの打ち上げ花火が鮮やかに空に咲いては消えていく。

「綺麗だな」

「そうだね」

ふと清水さんに視線を移す。花火によって清水さんの顔が照らされる。清水さんは先ほど同様に優しい笑みを浮かべていた。

「……本当に綺麗だ」

「ああ」

清水さんは花火の話だと思ったらしい。清水さんが僕の方を見ていなくてよかった。見ていたなら僕の顔が赤くなっているのがすぐにバレてしまっていただろうから。

そんなことを思っていると手に何かが触れる感触があった。見てみるとそれは清水さんの指だった。どうやら清水さんが僕の手を握ろうとしてきたらしかった。

「……おい、本堂」

「どうしたの、清水さん？」

「来年もここで花火一緒に見るぞ」

「……うん」

清水さんの手に自分の手を絡める。来年も清水さんは僕の隣にいてくれるのか。そう思うとうまく言葉で表現できないくらい嬉しい。

『その人の隣にいつまでもいたいと思うのが人を好きになるってことじゃないかな』

『俺をずっとお前の隣にいさせてほしい！』

愛さんと陽介さんの言葉が頭の中で再生される。僕は未《いま》だに人を好きになるということがよく分からない。でも隣にいたいと思う気持ちが好きということなら僕の清水さんへの気持ちもまた恋なのではないか。そう思ったが答えを教えてくれる人はこの場にはいない。

「本堂、どうかしたか？」

何も話さなくなった僕を心配してくれたのか、清水さんが声をかけてくれた。

「大丈夫だよ」

今の僕はいつものように笑えているだろうか。まだ僕の中では答えが出せない。ただ合宿の前より答えに少しだけ近づいた、そんな気がしたのだった。

エピローグ

清水さんと決意

「合宿、終わっちゃったね」

合宿最終日、私たち天文部は電車に揺られ帰路についていた。連日動いた疲れがきたのか体力の少ない本堂《ほんどう》と陽介《ようすけ》と瀬戸《せと》は乗車して早々深い眠りについていた。

「十分遊んだだろ」

「それはそうなんだけどね。やっぱりなんか寂しいというか……」

「まあ分からなくはないけどな」

一から計画してコツコツと進めてきたイベントが終わったのだから、センチメンタルになるのも理解できる。

「まあ寂しさよりも陽介と恋人になれた喜びの方が大きいのですけどね！」

「急にのろけを入れるな」

「今日くらいはいいじゃないですか！」

「昨日も深夜になるまで飽きるほど言ってただろ！」

昨日は民宿に帰ってから陽介に告白されてすごく嬉《うれ》しかったとか、陽介が告白する姿がかっこよかったとかそんな話を散々聞かされたのだ。

「だって本当に嬉しかったんだから、しょうがないじゃありませんか！」

「……まあいい、夏休み終わるまでには落ち着いとけよ」

「はぁい」

大丈夫だろうか、この姉は。周りにのろけないか本当に心配だ。

「そういえば言うのを忘れてた！」

「何を？」

「ありがとね、圭《けい》」

「なんの礼だよ。礼を言われるようなことしてねえぞ」

「人狼《じんろう》ゲームの罰ゲームに見せかけて、陽介が私に告白するタイミングを作ってくれたのは圭でしょ？」

さすがに分かっていたか。後から冷静に考えれば二人きりになるタイミングが良すぎるので愛《あい》が不自然だと思うのは当然だろう。

「お前と陽介に貸しを作りたかっただけだ」

「もう、圭は本当に素直じゃないんだから！」

「なんとでも言え」

「それにしてもまた圭と大輝《だいき》君の仲を応援する理由ができてしまいましたな」

本堂の名を聞き昨日の夜のことを思い出す。アイツは私の手を握り返してくれて……。

「おや、その顔、私の知らない所で圭さんも何かあったようですねぇ」

「……愛、私は決めたぞ」

「なんの決意表明？」

「お前と陽介を見て分かった。本堂との関係を進めるためには私から積極的に動かなきゃならねえ。だから……これから私はもっと攻める」

私の言葉を聞いて愛は真剣な表情になった。

「陽介が告白したからって圭まで急ぐ必要はないんだよ？」

「確かに陽介の影響はあるが、私は自分で考えて決めたんだ。本堂がいつまで私の隣にいてくれるかなんて分からねえ。だけど私は本堂の隣を誰かに譲りたくねえ。だから……本堂に好きになってもらうために私は攻める」

「……分かった。そこまで言うなら私も今まで以上に応援するよ！」

隣の席で寝ている本堂をまっすぐ見つめる。

「覚悟しとけよ」

私は寝ている本堂に向かって宣戦布告するのだった。

side story

～瀬戸さんと俊也の夏休みの思い出～

「それで僕に頼みたいことって？」

天文部の夏休み合宿から数日後、私はある悩みを解決するために本堂《ほんどう》君に電話をかけていた。

「松岡《まつおか》君にあるものを渡してほしい」

「何を渡せばいいの？」

「プラモデル」

「プラモデル？　ああ、それってもしかして射的で瀬戸《せと》さんがもらったやつ？」

「そう」

私は数日前の夏祭りの時に射的でプラモデルを景品として手に入れた。その時はあまり深く考えておらず、後で松岡君に渡したら喜ぶかもしれないと思っていた。ただ帰ってきてからこのプラモデルをどこで渡せばいいのかという疑問が生まれた。

「瀬戸さんが学校で俊也《しゅんや》に直接渡しちゃダメなの？」

「本堂君も実物を見たから分かると思うけど私がとったプラモデルは結構大きい。だから学校に持っていけば中が見えない袋に入れていったとしても、目立って没収される可能性が高い」

「確かに瀬戸さんのとったプラモデル大きかったね」

「それに今は夏休みだから次に学校で松岡君と会うのはまだ先になる」

「そうすると学校で渡すのはちょっと無理そうだね」

本堂君も納得してくれたので話を進めることができる。

「それで松岡君にどうすればプラモデルを渡せるか考えて思いついたのが本堂君だった」

「そうなの？」

「うん。私と松岡君の共通の友人で、私から連絡をとれるのは本堂君しかいない」

「なるほど、それで僕に電話くれたんだね」

「そういうわけで本堂君にプラモデルを送るから、松岡君と会う時にプラモデルを渡してほしい」

「うーん、ちょっと待ってね」

本堂君は何か考えているようだ。

「迷惑だった？」

「そんなことないよ。ただ本当に僕から俊也に渡していいのかなって思ってさ」

「例えばの話なんだけど瀬戸さんが俊也から何かプレゼントを貰《もら》うとして、俊也本人から貰うのと僕を介して貰うのはどっちが嬉《うれ》しい？」

「どういうこと？」

一旦考えてみる。松岡君が私に何かを、もしくれるとするならば……。

「……松岡君が直接くれた方が嬉しいと思う」

「そうだよね。俊也もそうだと思うんだよ。僕が渡すよりも瀬戸さんから渡してもらった方が嬉しいんじゃないかな」

そうなのだろうか。でも松岡君をよく知る本堂君が言うならそうなのかもしれない。

「……分かった。私、松岡君に自分でプラモデルを渡すことにする」

「うん、それがいいと思うよ」

心なしか本堂君の声はいつもより更に優しく聞こえた。

「ただそうなるとまた新たな問題がある」

「どんな？」

「松岡君と学校以外で会わないから渡す機会がない」

そもそも松岡君と学校以外で会ったことがない。別に会わないようにしているわけではない。私も松岡君もお互いを遊びに誘うことがないから会わないだけだ。

「そっか、なんとなく瀬戸さんと俊也って学校の外でも遊んでると思ってたよ」

「どうしよう……」

「瀬戸さんから俊也を遊びに誘ってその帰りに渡すのは？」

「誘ったことがないから、急に誘ったら松岡君どう思うだろう」

「俊也のことだから瀬戸さんから誘えば嫌とは思わないんじゃないかな」

「そう？」

「うん、だから瀬戸さんさえよければ遊びに誘ってあげてほしいな」

私だけでは、松岡君と二人で遊び、その帰りに渡すという発想は出なかった。やはり本堂君に相談してみて良かった。

「ありがとう、本堂君。松岡君を遊びに誘う案を出してくれて」

「力になれたなら良かったよ。瀬戸さんが遊びに誘えば俊也も喜ぶと思う」

「また松岡君のことで聞きたいことがあったら聞いていい？」

「俊也について全部知っているわけではないけど、僕が知ってる範囲でならまた教えるよ。じゃあ、また困ったら電話してね」

「うん、ありがとう。またね」

電話を切る。私はその勢いのまま松岡君に電話をした。十秒ほどコール音が続き、電話を切ろうとしたその時、スマホから松岡君の声が聞こえた。

「もしもし、瀬戸さん？」

「瀬戸です。良かった、電話に出られないのかと思った」

「いや、電話にはすぐに気づいたんだけど、瀬戸さんから電話が来たのが信じられなくて」

どういうことだろう。私も用事さえあれば電話くらいかけられるのだけど。

「松岡君、今は時間大丈夫？」

「大丈夫！　たとえ大丈夫じゃなかったとしても大丈夫にする！」

「その時は大丈夫じゃないって言って」

松岡君は時々オーバーリアクションな時がある。

「それで俺になんの用？　かけ間違いとかじゃないよね？」

「かけ間違いではない。松岡君が時間に余裕のある日を聞きたい」

「え？　えっと、ちょっと待って」

松岡君は予定を確認しているのか声を発さなくなった。

「……近くだと今週の金曜は今のところ何も予定ないけど」

今週の金曜日か。その日なら私も特に用事はなかったはずだ。

「分かった。松岡君、一つお願いがある」

「お、お願い⁉　瀬戸さんから⁉」

松岡君が驚いていることが声だけでも分かる。

「私がお願いするのは変？」

「変というかこれまであまり前例がなかったというか。別に全然嫌じゃないよ⁉　むしろ頼ってもらえて嬉しすぎるっていうか……」

早口で聞き取れない部分もあったが、とりあえず嫌ではないようなので安心した。

「それなら良かった。それでお願いなんだけど良ければ今週の金曜日に私と遊んでほしい」

「……へ？」

「聞こえなかった？　今週の金曜日に私と遊んでほしい」

「聞き取れなかったわけじゃなくて、あまりに俺に都合がいい内容だったから思わず耳を疑ったというか……」

「私と遊ぶのが松岡君にとって都合がいいの？」

「いいことしかなくないですか？」

質問されても困る。

「それで松岡君はどう？　やっぱりいきなりは……」

「行きます！　絶対に行きます！　何がなんでも必ず行きます！」

音量にびっくりして思わずスマホを耳から一瞬だけ離す。

「本当にいいの？」

「もちろん！　逆に瀬戸さんから断られないか心配なレベル！」

「私から聞いたんだから断るわけがない」

思っていたよりも簡単に遊ぶ約束が決まり、ほっとする。

「それで瀬戸さんは金曜日に何をしたいとかどこに行きたいとか決めてるの？」

「そこまではまだ……」

ここまで早く事が運ぶとは思っていなかったため何も計画していなかった。

「だったら俺に遊ぶ場所決めさせてくれない？」

「いいけど松岡君も部活とかで忙しいんじゃないの？」

「まあ確かに部活の練習はあるけど、そこまで今は忙しくないし問題ないよ！」

「そうなの？」

「そうそう、今のうちに瀬戸さんがやりたいことや行きたい場所があったら教えて？」

松岡君に聞かれてやりたいこと、行きたい場所を考えてみる。

「難しい……」

「やりたいこととか行きたい場所なかった？」

「私は男の子と二人きりで遊んだことないからどんな場所がいいのか分からない……」

「ぐが！」

スマホから奇声というか人間から出ないような音が聞こえてきた。

「大丈夫、松岡君？」

「瀬戸さん、それ反則です……」

事実を述べただけだったが、何か言ってはいけないことがあったらしい。

「ごめん？」

「最初から頑張るつもりだったけど、これはもっと頑張る必要が出てきたな」

「よく分からないけどそこまで頑張らなくてもいい」

「頑張らせてください、お願いします。俺の夏休みの頑張りどころはここなんです」

声しか聞こえてないけれど、松岡君の強い熱意を感じた。

「分かった、でも無理はしないでほしい」

「ありがとう瀬戸さん！」

「あと当たり前かもしれないけど、私だけじゃなく松岡君もちゃんと楽しめるようにしてほしい」

「オッケー！　それじゃあ、詳しい時間と場所は決めたら俺から連絡するから！」

「お願い、そしたらまた金曜日」

「うん、またね！」

電話を切る。力が抜ける。ようやく自分が少しだけ緊張していたことに気づいた。やはり今まで異性を遊びに誘ったことがなかったからだろうか。

二人続けて電話して喉が渇いたので冷蔵庫に飲み物を取りに行くと、台所でカップアイスを食べている母さんに会った。

「暑いからってアイスばっかり食べるとお腹冷《なか》やすからほどほどにしなさいよ」

自分がアイスを食べているのであまり説得力がない。

「麦茶を飲みに来ただけ」

「だったらいいけど」

そうだ、松岡君と遊びに行くことを今のうちに伝えておいた方がいいかもしれない。

「今週の金曜日、遊びに行く」

「いいじゃない。誰と遊ぶの？」

「松岡君」

その瞬間、母さんが持っていたスプーンを床に落とした。

「母さん？」

「松岡君って澪《みお》の話に時々出てくるあの松岡君？」

「そう」

私の知り合いの松岡君は松岡俊也君一人しかいない。

「男の子よね？」

「うん」

「何人で遊ぶの？」

「二人」

「み、澪が二人きりで男の子と遊びに!?」

未確認生物でも見つけたかのような驚きようだ。ここまで興奮している母さんを見たのは久しぶりかもしれない。

「ふふふ……」

「母さん？　大丈夫？」

「面白くなってきたぁ！」

母さんは一体どうしてしまったのか。夏の暑さのせいだろうか。

「澪！　明日、服買いに行くよ！」

「夏服は合宿に行く前に買った……」

「それは合宿用でしょ！　男の子と二人で遊びに行くにはまた別の服が必要よ！」

「よく分からない……」

「澪だって松岡君に可愛《かわい》いって思われたいでしょ？」

私は松岡君に可愛いと思われたいのだろうか。頭の中で考えてみる……。

「……思われたいかもしれない」

「でしょ？　メイクも後で詳しく教えてあげるから楽しみにしてなさい！」

楽しみにしているのは母さんの方な気がするが。服を買いに行ったり、メイクを教えてもらったりするうちにいつの間にか時間が過ぎ、約束の日になっていた。

約束した日の昼下がり、私は待ち合わせ場所である駅近くの喫茶店へと足を進めていた。まだ待ち合わせ時間には二十分以上も早い。今日は私の方から松岡君と一緒に遊びたいと言ったのだから、松岡君より早く着いて待っていたかった。そんなことを思いながら歩いていると目的の喫茶店に着いた。私は呼吸を整えてから喫茶店のドアを開けた。

「いらっしゃいませ。何名様ですか?」

「二人です」

「……もしかして瀬戸様でしょうか?」

「え?」

私はまだ人数しか伝えていない。この店員さんはもしやエスパーなのではないだろうか。

「松岡様からお話を聞いております。高校生くらいの可愛いショートカットのお客様がいらっしゃったら瀬戸様か確認してほしいと。それで確認させていただいたのですが違いましたでしょうか?」

なるほど、この店員さんは先に松岡君から私の情報を得ていたのか。ということは……。

「私は瀬戸です。松岡君はここに?」

「はい、いらっしゃいますよ」

「……いつからいたか分かりますか？」

「確か今から四十分以上前には既にいらっしゃったかと」

待ち合わせの一時間以上前から私を待っているなんて……驚きを隠せない。

「松岡君のいる席に案内してもらっていいですか？」

「はい、ではご案内させていただきます」

私は店員さんの後ろについて松岡君のいる席に向かった。

「こちらの席になります」

「ありがとうございました」

「いいえ、それではごゆっくり」

店員さんは礼をしてから戻っていった。松岡君に視線を移す。松岡君が私に気づかないのはイヤホンで音楽を聴きながら本を読んでいるからだろう。気づいてもらえるように肩を軽く叩《たた》くか悩んだが、もう少し本を読む松岡君を観察するため、私は静かに松岡君の対面の席に座った。

「へ？」

松岡君が私に気づいたのはそれからおよそ五分後のことだった。区切りの良い所まで本を読んだのか栞《しおり》を挟み、掛け時計を確認しようとした時に私と視線が合ったのだった。

「気づいた？」

「瀬戸さん、いつの間に⁉　というかまだ全然待ち合わせ時間前だよね⁉」

「それを言うなら松岡君は待ち合わせの一時間以上前に来てたんでしょ？」

「なんでそれを……。ああ、店員さんが言っちゃったのか。ごめんね、瀬戸さん」

「なんで謝るの？」

　松岡君が私に謝る理由に心当たりがない。

「瀬戸さんが早く来てくれたのに気づかなかったから……。本当に一生の不覚だ……」

　松岡君が落ち込んでいる。私の考えている以上に松岡君の中では重要なことのようだ。

「そんな気にしないで。松岡君が本を真剣に読んでいたから、私が邪魔したくなかっただけだから」

「瀬戸さん、天使すぎる……」

「それでどうするの？　もう少しここにいる？　それとも移動する？」

「瀬戸さんは喉とか渇かない？」

「ちょっと渇くかも」

　今日は晴天で雨を心配する必要がない代わりに、外にいるとすぐに喉がカラカラになるほど暑い日だった。

「それじゃあここで飲み物を飲んでから行こうか。瀬戸さんが時間通りに来てもその予定だったし」

「分かった」

それから私と松岡君はアイスコーヒーで喉を潤してから喫茶店を後にした。


「それで松岡君」

「どうしたの、瀬戸さん？」

喫茶店を出てから十分後、私は松岡君と一緒に電車に揺られていた。

「今日はどこに行くの？」

松岡君は今日どこに遊びに行くのかについて、私に教えてくれなかった。

「それは着いてからのお楽しみじゃダメ？」

「いいけど楽しめるところなの？」

「それは保証する。瀬戸さんなら絶対に喜んでくれると思う」

「……分かった。楽しみはとっておくことにする」

「ありがとう瀬戸さん。次の駅で降りるから準備しておいて」

「うん」

話しているうちに電車がゆっくり停車する。私と松岡君は電車から降り、駅を出て目的地に向けて二人で歩み始めた。

「それでさっき言いそびれたことがあったんだけど」

「何？」

「まずは言わせてほしい。今日の瀬戸さんメッチャ可愛い！　その白いブラウスも藍色のフィッシュテールスカートも可愛くて瀬戸さんに似合ってると思う！」

「……ありがとう」

今日は可愛いと言ってもらえるようにいつもよりも色々頑張ったから、そこを評価してもらえることはとても嬉しい。

「もっと言いたいけど、あんまり言うと瀬戸さんも困ると思うから一旦ここまでにするね。それで電車に乗ってる時から気になってたんだけど……」

「私、どこか変？」

「変というか、その背負ってるリュック重くないかなと思って」

松岡君、やはり気づいていたのか。私は今日大きめのリュックを背負ってきていた。中身はもちろんあのプラモデルだ。母さんには最後まで邪魔になるからと反対されたが、私は意思を曲げずにここまで持ってきていた。

「気にしなくていい。見た目ほど重くはない」

「そう？　それならいいんだけど」

「それより目的地まではあとどれくらい？」

「あと十分くらいかな。今日暑いのに歩かせちゃってごめんね」

「問題ない。松岡君は大丈夫？」

「俺は部活の練習で外にいるのは慣れてるから」

松岡君を観察してみる。改めて見てもあまり日焼けしていないように見える。

「あの、瀬戸さん？　そんなに見つめられると心臓もたないんだけど……」

「松岡君は日焼けしにくいタイプ？」

「それが気になってたのか。俺は体質なのかそこまで日焼けはしない方だね」

「なるほど」

「瀬戸さんは少し日焼けした？」

「合宿の時にちょっと焼けたかも」

日焼け止めを塗っていたがそれでも合宿一日目は長時間外にいたので、少しではあるが日焼けしてしまっていた。

「合宿か……。愛《あい》さんから送ってもらった瀬戸さんの写真、どれも最高だったな……」

そうだった。愛先輩が合宿中に撮った私の写真を松岡君に送っていたのだった。

「夏服に水着に浴衣……。どれも甲乙つけがたいくらい素晴らしかった……」

「……恥ずかしいからそこまでにして」

本堂君に褒められて真っ赤になっている清水《しみず》さんの気持ちが少し分かったかもしれない。

なんというか、うまく表現できないがこそばゆい。

「ああ、ごめん。つい」

それから天文部の合宿の話を二人でしているとその途中で松岡君が足を止めた。

「ここだ」

松岡君が止まった場所は和風の建物の前だった。建物に取り付けられた木製の看板には和風喫茶小鉢《こばち》と書いてあった。

「和風喫茶？」

「まあ詳しくは入ってからってことで。暑いし中に入っちゃおう」

入ってみると外観と同じく内部も和風な作りになっていた。

「いらっしゃいませ」

「予約していた松岡です」

「松岡様ですね。お待ちしておりました。それではこちらに」

店員さんについていくと店の奥側にある席に案内された。松岡君の対面に座る。

「それでは注文が決まりましたらお声がけください」

そう言って礼をすると店員さんは去っていった。

「ここはなんのお店？　喫茶店なの？」

「そうだね、和風な料理を専門に取り扱ってる喫茶店って感じだね」

松岡君はそう言うと私にメニューを手渡してきた。

「百聞は一見に如《し》かず。料理見てみればどんなお店なのかすぐ分かると思うよ」

メニューをめくる。そこには大福、わらび餅、ぜんざいなど様々な和菓子が載っていた。こんなに和菓子があるということはもしや……。メニューをめくるとそこには私の探していた和菓子が載っていた。

「松岡君、どら焼きがたくさんある！」

松岡君の方を見ると、松岡君は嬉しそうに笑っていた。

「気に入ってくれたみたいで良かった。ここは和菓子をメインにした喫茶店なんだよ。どら焼きが好きな瀬戸さんなら喜んでくれるかなと思って」

「こんなにどら焼きの種類があるお店は見たことがない。松岡君、こんなお店に連れてきてくれてありがとう」

「瀬戸さんにこんな感謝されるとか、俺の前世、徳を積みすぎでは……」

「それにしてもこんなにおいしそうなどら焼きがあると、どれがいいか迷う……」

「ゆっくり決めていいよ。今日の予定は時間に余裕作ってあるから」

それから私は悩みに悩んで三種のどら焼きセットを頼むことに決めたのだった。

注文してから五分ほど待つと松岡君が頼んでいた宇治抹茶と共にどら焼きセットがきた。考えた末にまずは三種の中からあんこ入りのどら焼きから食べることにした。

「……おいしい」

柔らかくきめの細かい生地、品の良い甘さのあんこ、どれをとっても私が食べたどら焼きの中でトップクラスといっていいレベルだった。

「瀬戸さんが幸せそうで良かったよ」

「そう見えた？」

私は表情筋が硬いのか、他の人に何を考えているか分からないとよく言われる。

「うん、表情はいつも通りだったけど目がキラキラしてたよ」

「……そう」

「瀬戸さんは本当にどら焼きが好きなんだね」

「うん、どら焼きは昔から好き」

「そういえば今まで聞いたことなかったけど、瀬戸さんがどら焼きが好きなのは理由とかあるの？」

「……ある」

「理由って聞いても大丈夫？」

確かに私がどら焼きが好きな理由は人に話したことがあまりなかったような気がする。

「理由は単純。どら焼きは思い出の食べ物だから。小さい時、両親は仕事でいつも忙しくておばあちゃんが私の世話をしてくれていた。両親がいなくて私が寂しい気持ちになった時におばあちゃんがいつも出してくれていたのがどら焼きだった」

今でもおばあちゃんは私が家にいる時、一緒にどら焼きを食べようと誘ってくれる。

「そんなおばあちゃんとの思い出があったのか……」

「それに今では天文部の皆もどら焼きを分けてくれるから、その思い出もある」

「なるほど、現在進行形でどら焼きは瀬戸さんの日々の思い出そのものなんだね」

「そうかもしれない。このどら焼きも松岡君と食べたという楽しい思い出になる」

私のことを見ていた松岡君はなぜか顔を逸《そ》らした。

「……瀬戸さん、その表情でその発言は反則だって」

今ほど鏡を見たいと思ったことはないかもしれない。

「どんな表情だった？」

「……なんというかいつもよりもちょっとだけ優しい表情だった」

「なんで顔逸らしたの？」

「不意打ちだったから耐えられなくて」

「分かった、次から気をつける」

再びどら焼きに視線を戻す。それから私と松岡君は話をしながら一時間ほど和風喫茶に滞在した。

「今日はどうだった瀬戸さん？」

今日一日の出来事を思い返す。和風喫茶でどら焼きを堪能し、新しくできたという書店で本を探し、リバイバル上映していたアニメ映画『二十一グラムの違い』を映画館で見た。

「どら焼きはおいしかったし、本屋さんは楽しかったし、映画は感動した」

「それなら良かった」

松岡君がほっとしたような笑みを見せる。

「ただ一つ気になったことがある」

「何かな？」

「松岡君は今日楽しめた？」

私は好きなどら焼きを食べ、好きな本を探し、好きな映画を見ることができた。でも松岡君からすればどれも退屈だったのではないだろうか。

「楽しかったに決まってるよ」

「そうなの？」

「瀬戸さんが楽しんでる姿を見て楽しくないわけないから」

「……関係性がよく分からないけど楽しかったなら良かった」

「心配してくれてありがとね」

松岡君が微笑《ほほえ》む。その瞬間、私はようやく今日一番の目的を思い出した。

「あっ」

「どうしたの？」

「なんでもない、いや、なんでもある」

「謎が深まったんだけど……」

「今日の本当の目的を果たす」

「えっ、何？」

その表情を見るに松岡君はなんのことか全く予想がついていないようだ。私はリュックを下ろし、中から袋に入った例のブツを取り出した。

「これ、合宿のお土産」

呆然《ぼうぜん》としている松岡君に手渡す。

「これって……」

「松岡君が前に気になるって言っていたプラモデル。射的でとった」

どんな反応をするか気になり松岡君を見ていると、松岡君は今まで見たことがない顔をしていた。

「欲しいのと違った？」

「いや、俺が一番欲しかったやつ」

「それならなんでそんな顔してるの？」

「だって今日瀬戸さんずっと楽しんでくれて、その上、俺が一番欲しかったプラモデルまでサプライズでプレゼントしてくれたんだよ？　俺、瀬戸さんに返せるものないって……」

松岡君はなぜか私に何か返す必要があると思っているらしい。

「お返しは必要ない。松岡君が喜んでくれたなら私も嬉しい」

「瀬戸さん……。何か俺にしてほしいこととかないの？」

「ある」

「教えて！」

「そのうちまた時間ができたら今日みたいに遊んでほしい。それで今度遊ぶ時は松岡君が好きなことについて教えてほしい」

松岡君は一瞬ポカンとした顔になった後に笑った。

「分かった、また一緒に二人で遊ぼう。次はカラオケとかゲームセンターとか行こう」

「楽しみにしてる」

何もしてほしいことなんてないと言うつもりだった。ただ口からはまた遊びたいと声が出てしまった。私は前よりもワガママになったのかもしれない。もしかしたら松岡君が私を変えたのだろうか。さすがにそれは責任転嫁か。そんなことを考えながら私は松岡君と一緒に帰路につくのだった。

side story ～愛さんと陽介さんの初デート～

「……というわけで私と陽介《ようすけ》はついに恋人になれたんです！」

夏休み合宿から数日後の昼下がり、私はカフェ永兎《えいと》の店内でお世話になった歌穂《かほ》さんに合宿であったことについて話していた。

「色々言いたいことはあるけど、まずはおめでとう、愛《あい》」

「ありがとうございます！　歌穂さんが背中を押してくれたおかげです！」

「いやいや、愛が一生懸命頑張ったからだよ。まあ今回の合宿で一番頑張ったのは陽介君のような気がするけどね」

「……そうですね。陽介が私に告白してくれたから恋人になれたんですもんね」

陽介のことだから告白までの間に色々なことを悩んだと思う。その上で私に自分の想《おも》いをまっすぐ伝えてくれたことが今でも本当に嬉《うれ》しい。

「正直、合宿中に告白するとは思っていなかったから愛の話を聞いてビックリしたよ。陽介君も私の知らない所で成長しているようで嬉しい限りだね」

歌穂さんが楽しそうに微笑《ほほえ》む。陽介にこのことを伝えたら苦い顔をしそうだ。圭《けい》ほどではないけど陽介も歌穂さんには若干苦手意識がある。

「陽介もまだまだ成長期ですから！」

「頼もしいね。さすがは天文部の男の子だ」

「天文部の男子は粒揃《つぶぞろ》いですからね！　天文部の女子は美少女揃いですけど！」

「そうだね。キュートな愛にクールな澪《みお》ちゃんにプリティな圭ちゃん。方向性は違うけど皆綺麗《きれい》に咲いているね」

「あの……恥ずかしいので自分で言うなとか言ってもらえません？」

「なぜだい？　天文部の女の子が愛も含めて全員可愛《かわい》いのは事実じゃないかい？」

歌穂さんは不思議そうな顔をしている。こういうことを当たり前のように言うから、歌穂さんは高校にいた時から女子の人気が絶えなかったのだろう。

「圭や陽介なら自分で言うなって言ってくれるのに……」

「二人も愛のことは可愛いと思っているはずだけどね」

「歌穂さん、私のことといじって楽しんでません？」

「そんなことないよ。愛は今日も様々な表情を見せてくれるなとは思っているけれど」

「やっぱり楽しんでいる気がするんですけど……」

何年経《た》っても歌穂さんには敵《かな》う気がしない。

「愛と一緒にいて楽しんでいるのは事実だけどね。話を戻そうか。合宿中の愛が体験した話は聞かせてもらったけど圭ちゃんはどうだったのかな？」

「圭ですか？」

「うん、圭ちゃんにも合宿前に話をしたから気になってね」

「本人に聞いた方がいいのでは？」

「もちろん圭ちゃん本人にも後で話を聞くつもりだよ。でも圭ちゃん以外からも話を聞いてみたくてね」

「なるほど……」

　記憶の中から合宿中の圭の行動を呼び起こす。褒められて照れる圭、挑発されて怒る圭、天文部の皆と合宿を楽しむ圭。やはり圭はいつでもどこでも可愛い……。はっ、歌穂さんが聞きたいのはそういうことではないだろう。

「改めて聞くけど愛から見て合宿中の圭ちゃんはどうだった？」

「そうですね、いつもよりも自分から大輝《だいき》君に対してアピールすることが多かったような気がします」

「それはいい傾向だね」

「ですよね！　それに帰る時にこれからはもっと自分から攻めるって言ってました！」

「圭ちゃんが自分から行動するようになれば、本堂《ほんどう》君との関係もどんどん進みそうだね」

私もそう思う。圭はちょっと受け身なだけで頑張り屋さんなのだから。

「圭も成長期みたいです！　もちろん私も今まで以上に圭をサポートしますよ！」

「愛、ちょっといいかい？」

歌穂さんの表情が少し真剣になった気がする。

「なんでしょう？」

「私に言われるまでもないかもしれないけれど、圭ちゃんの応援も大切だけど自分のこともおろそかにしてはいけないよ」

「どういうことですか？」

「愛は合宿を経て陽介君と恋人になった。これはゴールではなく新たなスタートだと私は思う。今までとは少し変化した日常に慣れるまでは愛も自分のことをいつも以上に大切にしてあげてほしいんだ」

「なるほど？」

どうやら歌穂さんは私が陽介と恋人になったことで、日常生活になんらかの変化があると思っているようだ。

「まあ愛だったらそのちょっとだけ変化した日常も楽しめると思うけどね。質問に答えてくれてありがとう。次は何を話そうか？」

私と歌穂さんによるガールズトークは結局夕方まで続いた。

　家に帰ってからスマホを確認すると陽介から連絡が来ていたことに気づいた。どうしたのとメッセージを送る。すると一分も経たないうちに今時間あるかとメッセージが来たのであると返した。それから数秒後、陽介から電話がかかってきた。

「もしもし、今、時間大丈夫だったか、愛？」

「大丈夫だよ」

「それなら良かった。それで本題なんだが今度の日曜日、予定空いてるか？」

「今度の日曜日？　ちょっと待ってね」

　予定表を確認する。日曜の欄には何も予定は記されていなかった。

「今のところ空いてるよ」

「そ、そうか」

　声の感じから陽介は少しほっとしているような気がした。

「日曜に何かあるの？」

「その……お前が良ければなんだが、日曜日に俺と一緒に遊園地にでも行かないか？」

　陽介のその言葉により私の中に衝撃が走る。

「それは初デートのお誘い⁉」

「お、お前、思っていても口に出すやつがいるか！」

「だって陽介の方から誘ってくれるとは思わなかったから嬉しくて！」

「……それでどうなんだ。行くのか、行かないのか」

「もちろん行くよ！」

陽介からデートに誘ってくれたのだ。たとえ行き先がどこであったとしても必ず行くに決まっている。

「分かった、そしたら後で日曜日の大まかなスケジュールを送るから確認してくれ」

「オッケー！　それにしてもワクワクするね！」

「遊園地なら友達と何回も行ったことあるだろ？」

「そりゃ友達と行ったことはあるけどさ、恋人と行くのは初めてだから……」

血の流れが顔に集まっているような気がする。陽介が電話越しではなくここにいたなら、軽くチョップをおみまいしていたところだ。

「だ、だから日曜日は私をしっかりエスコートしてよね！」

「……善処する」

「お願いしますよ、陽介さん！　じゃあまたね！」

「ああ、また……」

言い終わる前に電話を切る。大丈夫だろうか、私の動揺が陽介に伝わってないだろうか。鏡を確認する。鏡の中の自分はにやけてだらしない顔をしていた。

「まいってしまいますね、まったくもう……」

頬《ほお》に両手を当てる。私は前からこんなに気持ちが顔に出やすかっただろうか。陽介に次に会うまでにもっと表情筋を鍛えなければいけないかもしれない。まあ生徒会の活動があるから陽介には明日も会うことになるのだけど。

翌日、私は生徒会庶務の後輩ちゃんと二人で、夏休み後の文化祭に向けて校内にある備品チェックを行っていた。問題なく作業は進み、区切りのよいところで私と後輩ちゃんは一度休憩をとることにした。

「愛さん、ちょっといいですか？」

「どうしたの？」

「最近、恋人になった以外に会長と何かありました？」

「えっ、なんでそう思ったの？」

後輩ちゃんには私と陽介が恋人になったことは伝えたけど、日曜日にデートに行くことはまだ話していない。

「だって今日の愛さん、いつもと全然違いましたよ」

「……ちなみにどんな違いがありました？」

「今日の愛さんはなんというか会長のことを気にしすぎている感じがしたというか……」

「……マジですか？」

「大マジです」

全く意識してなかった。生徒会の他の子たちもそう思っていたのだろうか。

「それで会長と何かあったんですか？」

「実はですね……今度の日曜日、陽介と一緒に遊園地に行くことになったんですよ……」

「それって会長とのデートってことですか！」

「そうなりますね……」

「おめでとうございます！　それはどちらから誘ったんですか？」

「……陽介が誘ってくれました」

「おお！　会長やりますね！」

ここまで興奮している後輩ちゃんは珍しい。陽介が見たらビックリしそうだ。

「会長とのデートの感想を後で私にも教えてくださいね！」

「了解！」

それにしても今日の私はそんなにいつもと違っていたのか。陽介とのデートが嬉しくてちょっと浮かれているのかもしれない。少し気を引き締める必要があるようだ。

そんな私の決意もむなしく事あるごとに友人や知人から陽介と何かあったのか聞かれる日々は続き、とうとう日曜日を迎えたのだった。

「圭〜、開けて〜」

圭の部屋のドアを何度もノックする。十秒ほどしてゆっくりとドアが開いた。

「なんだよ、今日は陽介と出かけんじゃなかったのか？」

「それなんだけど、ちょっと圭さんのお力をお借りしたくて……」

「金なら貸さねえぞ」

「私と圭の間でお金の貸し借りなんてしたこと今までほぼなかったよね⁉　とにかくいいから私の部屋に来て！」

「ちょ、離せ！」

抵抗する圭の腕を両手で摑《つか》み、私は自室へと向かった。

「お前……この部屋、泥棒にでも入られたのか？」

圭がそう思うのも無理はない。現在、私の部屋はベッドの上や床に衣類が散乱していた。

「今日着ていく服を選んでいたらこうなっちまいまして。てへっ！」

「可愛くねえからな。陽介だったら別にお前が何を着てもいいんじゃないかって言うだろ」

「そこなんですよ！　私は陽介からいいんじゃないか以外の褒め言葉を言ってもらいたいんです！　だから圭には私の服を選ぶ手伝いをしてほしいの！」

陽介専門家である私からすると陽介は私の服を見て九十九パーセント以上の確率でいいんじゃないかと言ってくる。これはもうこの世の理《ことわり》と言ってもいいかもしれない。だが私はその理を覆したいのだ。具体的に言うと合宿の浴衣を着た時みたいに陽介に色々な言葉を使って褒めてほしい。

「どんな感想言うかは陽介次第だろ。お前がどの服着ても変わらねえよ」

「そんなことないよ！　陽介のハートに刺さる服を着れば感想もきっと変わるはずだよ！」

圭をまっすぐ見つめる。数秒後、圭は私の顔を見てため息をついた。

「……しょうがねえから服を選ぶのを手伝ってやる。でも陽介からいいんじゃないかしか言われなくても恨むんじゃねえぞ」

「圭！」

その優しさに胸が熱くなり、圭を思いっきり抱きしめる。

「暑いんだから抱きしめんじゃねえ！　そんな時間ねえんだろ、早く服選ぶぞ！」

それから小一時間、私と圭は二人で今日着ていく服を選んでいたのだった。

「陽介、そろそろ来るかな？」

「アイツは時間にはうるさいからもう少しで来るだろ」

　今日は陽介が私の家に迎えに来ることになっていたので、私は玄関で圭と一緒に陽介を待っていた。五分ほど待っているとチャイムが鳴ったので急いでドアを開いた。

「陽介！」

「愛、迎えに来たぞ」

「……えっ？」

　その瞬間、私の動きは陽介から見れば完全に止まっていたことだろう。

「どうした、愛？」

　陽介が不思議そうな表情をしている。まずはその髪、いつもと違いセットしてある。それに昨日までより数ミリ短い。きっと美容室で髪を整えてもらったのだと思う。次に顔、普段はしている眼鏡をしていない。おそらくコンタクトをしているのだろう。最後に服、いつもは私と一緒に選んだ服を着ているのに今日は私が見たことがない服を着ている。多分、自分で選び買ったのだろう。総合的に言うとそこには私の知らない陽介がいた。

「貴様、カッコよすぎる！　さては陽介の偽物だな！」

「は？」

　偽陽介の頰を引っ張る。

「なんだ……痛い！　痛いって！」

　しかし、いくら引っ張ってもその人物が痛がるだけだった。

「……もしかして本当に陽介なの？」

「いきなり人の頬を勢いよく引っ張っておいて、最初に出てくる言葉がそれか！」

「だって陽介にしてはカッコよすぎるから怪しくて」

「初デートだから頑張ったんだよ！」

その言葉を聞き心がざわめく。陽介は私との初デートのためにこんなに頑張ってくれたのか。

「……頬を引っ張ってごめん」

「俺以外には絶対にするなよ」

「それって俺以外を見るなってこと！」

「お前、本当に反省してるか？」

我が彼氏ながらいいツッコミだ。私もいつもの調子が戻ってきた気がする。

「お前ら家の前でどうしてコントしてるんだよ」

振り返るとそこには圭がいた。私と陽介が家の前で話している様子を見て玄関から出てきたらしい。

「圭もいたのか」

「まあな。陽介、お前、愛の彼氏なんだからやることがあるだろ」

「やること？」

「愛の着ている服の感想言え。選ぶのに朝から私も付き合わされたんだよ」

「圭さん!?」

　このお嬢さん、玄関から出てきたと思えば突然なんという発言を。

　陽介の視線を全身に感じる。なんというかちょっと、ほんのちょっとだけ恥ずかしいかもしれない。

「愛、こんな形になってしまったが、思ってること言ってもいいか？」

「どんとこい！」

「まずはそのオレンジ色のトップスだが夏らしい色合いでお前にも似合っていると思う。次に白い花柄のレーススカートについてだが爽やかで大人っぽいと感じた。全体としては愛らしい明るい感じもあるが、同時に上品な感じもあり正直とてもドキドキした」

　似合っている、爽やか、大人っぽい、明るい、上品、ドキドキした。予想していなかった情報量に頭がパンクしそうになる。

「にへへっ……」

　頑張れ、私の表情筋。崩壊するにはまだ早すぎる。

「陽介、お前やるじゃねえか。いいんじゃないか以外も言えたんだな」

「お前らがいつもそう言ってくるから、俺もなんとかしようと思ったんだ！」

　そう言うと陽介は私の手をとった。

「そろそろ行くぞ、愛」

「う、うん」

陽介の方から私の手を握ってくるなんて。今日の陽介は外見だけではなく、中身まで昨日までと少し違うのかもしれない。

「じゃあ行ってくるね、圭」

「服褒められて良かったな。まあ行ってこい」

玄関のドアを閉める直前、圭は一瞬だけど笑っていた気がした。

「行こうか陽介」

「ああ」

私と陽介は手を繋《つな》いで駅へと歩いていくのだった。


「結構混んでるね」

「予想以上だ」

遊園地は夏休み中の更に日曜日ということもあってか、とても混雑していた。

「愛はまず何から乗りたい？」

「私が決めていいの？」

「ああ、特にないなら俺が決めるが……」

「ちょっと待って、考えます！」

観覧車、メリーゴーランド、ジェットコースター、ゴーカート、気になるアトラクションはたくさんあるが、最初に体験したいアトラクションは……。

「まずはこれやろう！」

持っていたパンフレットの一部を指差す。

「これからスタートか……」

私が指差した部分には小さな文字でお化け屋敷と記されていた。

「それなりに並んでいるな」

「夏だから人気なのかもね！」

アトラクションを決めてから数分後、私と陽介はお化け屋敷の前に来ていた。お化け屋敷の前には行列ができていて、最後尾のスタッフさんが持っている看板には現在三十分待ちと書かれていた。

「三十分待てるか？」

「今日はどのアトラクションでもそれくらい混んでるでしょ！　早く並ぼう！」

陽介の腕を掴んで列の方に引っ張っていく。

「行くから引っ張るな！」

陽介の腕を一旦離し、二人で行列の一番後ろに並ぶ。

「お化け屋敷楽しみだね！」

「ああ……」

「あれ、陽介さん顔色悪くないですか？　テンションも心なしか低いし」

「き、気のせいだろ」

「もしかして陽介、お化け屋敷怖いの？」

「そんなわけないだろ。実際に体験する前に言うのもあれだが、どこまでクオリティが高いとしても作りものであることは変わらない。作りものだと分かっていればそこまで過度に怖がる必要はない」

いつになく陽介は早口になっていた。

「そう自分に言い聞かせているんだね」

「事実だ！　そういうお前はどうなんだよ」

「陽介と一緒なら楽しいと思うよ」

「その言い方だと俺と一緒じゃないと楽しくないみたいに聞こえるが」

「楽しくないわけじゃないけど、ちょっと怖いかも」

私は小さい頃に一人で林の中に入って迷子になりかけたことがある。その時はそのまま日が暮れてしまい、暗い中で木々のさざめきや動物の鳴き声に怯《おび》えながら途中まで一人で林の中を歩いた。その経験からか未《いま》だに一人で暗い場所にいるのは少し苦手だ。

「どうして俺と一緒なら大丈夫なんだ？」

「陽介なら何があったとしても私の隣にいてくれるから」

林の中で迷っていた時に私を見つけてくれたのは陽介だった。陽介はもう心配するなと言いながら私を暗い林の外に連れ出してくれた。陽介が見つけてくれなければ私はもっと暗い場所が苦手になっていたことだろう。

「そういうわけだから万が一、本物のお化けが襲ってきたら身命を賭して私を守ってくれよな！」

「何がそんなわけだからか分からないが、そんな事態に陥った場合、俺がお前をお化けから守り切れるとは思えないが」

「ええ！　陽介、お化けの撃退方法くらい勉強してないの！」

「そんな内容、受験勉強の範囲にはないからな！」

それから待っている間、私と陽介はいつものように毒にも薬にもならない話を続けた。

「中は結構暗いね」

「……そうだな」

待つことおよそ三十分、ついに順番が回ってきた私たちはお化け屋敷の中にいた。お化け屋敷の中は薄暗く、赤く光る蛍光灯の光でギリギリ近くが見えるくらいだった。

「それにしてもいかにも廃病院って感じだね」

「……そうだな」

このお化け屋敷は怪奇現象が頻発する夜の廃病院をテーマにしているようで、施設内部では病院特有の薬品の匂いが再現されていた。

「ゴールに着くまでにどれくらいかかるんだろうね」

「……そうだな」

「陽介さん？　さっきからそうだなしかおっしゃってませんけど大丈夫そうです？」

「……そうだな」

「やっべぇ、陽介さんがもう壊れてしまってる……」

最近あまり陽介とホラー映画を見たりしていなかったから、ここまで陽介が怖がるとは思わなかった。

「そんなに怖いならリタイアする？」

このお化け屋敷は何箇所か途中でリタイアできる地点がある。もう少し歩けばリタイアできる所があるはずだ。

「……いや、大丈夫だ」

「無理しなくてもいいよ？」

「お前が楽しいと思うものを俺も一緒に楽しみたい。怖いのは事実ではあるが頑張らせてほしい」

「陽介……」

　陽介はこんな時でも私と楽しむことを最優先に考えてくれている。なんというか優しいをもう通り越している気がする。何か私からもできることはないだろうか。

「あっ、いいこと思いついた！」

「お前の思いつきは正直下手なお化けよりも怖いんだが」

「失礼な！　ちょっと腕を拝借！」

　私は陽介と少し強引に腕を組んだ。

「これで怖くないでしょ？」

「どういう理屈だ？」

「私と腕を組む。いつもより私との距離が近くてドキドキする。怖がるのに集中できない。全然怖くない。証明完了」

「思ったより頭悪い証明だったな」

「何だと！　私と腕を組んでドキドキしないっていうのかい！」

「それは……ドキドキするが……」

　良かった。しないとか言われたらショックで倒れるところだった。

「お前はどうなんだ。ドキドキしないのか？」

「私？」

改めて現状を頭の中で整理する。好きな人である陽介と腕を組んで密着している。なぜか冷房が効いているはずなのに暑くなってきた。いや、暑くなった理由は明白だ。

「……ドキドキしてるかも」

「……そうか」

それから私と陽介はリタイアすることなくお化け屋敷を攻略することができた。どんなお化けが出てきたかは正直なところ陽介を気にしすぎてよく覚えられなかった。


「ジェットコースター楽しかったね！」

「さすがにもう今日は乗りたくないけどな」

夕方、私と陽介は本日三度目のジェットコースターを乗り終え、地上へと帰還していた。

「お化け屋敷に始まり、メリーゴーランドにゴーカートにコーヒーカップ、そしてジェットコースター、どれも楽しかったね！」

「ゴーカートとコーヒーカップに乗って、お前にハンドルを握らせるのは金輪際やめようと思ったけどな」

「そんなぁ！」

ゴーカートでもコーヒーカップでも見事なハンドルさばきだったと思うのだけど。

「それでどうする？　次は何に乗る？　それともそろそろ帰る？」

私がそう聞くと陽介は少しまじめな顔になった。

「一つ乗りたいアトラクションがあるんだが、いいか？」

「いいよ！　何に乗りたいの？」

「アレに乗りたい」

陽介が指差したのは遊園地の中でも人気の高いアトラクション、観覧車だった。

「陽介って前から高いところ好きだった？」

「そういうわけではないが、今回はあそこがちょうどいいからな」

「ふーん？　よく分からないけどまあ行こうか！」


なんだろう、何か忘れている気がする。観覧車に乗るための列に並び待っている間、私は陽介と話しながらずっと記憶を辿《たど》っていた。そして観覧車に乗る直前、ようやくその思い出が蘇《よみがえ》った。

『場所は遊園地の観覧車。恋人になってから初めてのデートの終わりに二人で一緒に乗り、ゴンドラが一番上に来た時に……俺から愛にキスしました』

そう、それは合宿の時に参加したベストカップルコンテストでのこと。陽介がファーストキスについて聞かれた時にそう答えたのだ。

「どうした？　大丈夫か、愛？」

「ひゃいっ、だ、大丈夫です！」

「どう見ても大丈夫じゃなさそうだが。次、俺たちの番だが乗れそうか？」

「乗れるに決まってますわ！」

「だったらいい、心の準備しておけよ」

心の準備!?　それはファーストキスのためのってこと!?　落ち着きなさい、清水《しみず》愛。まだ陽介が観覧車の中でキスしようとしていると決まったわけじゃないはずよ。あの時の陽介の発言はウソなのだから。でも場所とかシチュエーションがここまで似ていると偶然とは思えないというか……。

「次のお客様どうぞ中へ」

「行くぞ、愛」

「う、うん」

スタッフさんに誘導され、陽介と二人でゴンドラに乗る。ゴンドラのドアが外側から閉じられる。こうしてゴンドラは再びここに戻ってくるまでの間、密室となったのだった。

「愛、さっきから落ち着きがないがどうかしたか」

「お、落ち着いてますけど！」

ダウト、落ち着けるわけがない。いつかは陽介とキスをしたい。そう思ってはいた。でも急にその機会が訪れたので頭の中はパンク寸前だった。

「……そうか、お前は勘が鋭いから気づいたのか」

陽介は何か察したらしい。

「愛、少しの間でいいから目をつむってくれないか？」

「もう本番ですか⁉」

「本番？　まあそうだな」

「……陽介、お願いがあるんだけど」

「なんだ？」

「優しくお願いします……」

ゆっくり目をつむる。初めてなのにお互いの歯と歯がぶつかって痛い思いをするとかはなるべく避けたい。

「分かった？　ちょっとくすぐったいぞ」

くすぐったい？　その発言の通り陽介の手が首の後ろにあたり少しくすぐったい。

「目を開けてくれ」

あれ、唇に何かが触れた感触はしなかったけど。目を開ける。

「これって……」

確認すると先ほどはなかったシンプルなデザインのネックレスが私の首についていた。

「初デートの記念だ。あまりセンスについては言わないでくれ。お前は察しがいいからバレないように気をつけたんだけどな」

「えっ、じゃあキスは？」

「キス？　なんの話だ？」

どうやら私の勘違いだったみたいだ。それにしても陽介はこんなサプライズを用意してくれていたのか。

「ありがとう陽介！　本当に嬉しい！」

対面に座っている陽介に思いっきり抱きつく。

「お前、危ないから戻れ！　揺れたらどうする！」

「そんな恥ずかしがっちゃって〜、可愛い〜」

こうして私と陽介の初デートは最高の形で幕を下ろしたのだった。


「おい愛、いるか」

「いるよ〜」

夜、陽介にプレゼントしてもらったネックレスを眺めていると愛《いと》しの妹の声が聞こえてきたのでドアを開けた。

「どうかした？」

「一応、あれからどうだったか聞きに来た」

「最高の一日だったよ！」

「そうか、良かったな」

聞いて満足したのか圭がドアを閉めようとするので力業でこじ開ける。

「もっと根掘り葉掘り聞いてよ！」

「いらねえよ！　もう十分だ！」

「大輝君とデートする時に役立つかもしれないよ！」

「ほ、本堂は関係ねえだろ！」

それから私は圭を自室に引き入れ、今日の陽介とのデートを振り返ったのだった。

あとがき

この度は「ヤンキー清水《しみず》さん」三巻を手に取っていただきありがとうございます。おそらくお久しぶりです。作者の底花《ていか》です。好きな漢字は「漸」です。また読者の皆様にこうしてお会いできてほっとしています。

まずはいきなりなのですが個人的に嬉《うれ》しいお知らせを一つ。なんと「ヤンキー清水さん」がコミカライズされることになりました！　コミカライズを担当してくださるのは真《さな》田若楓《だわか》先生で、「月刊少年エース」様で描いていただけることになりました。原作を読んでいる人にもそうでない人にも読んでいただけると嬉しいなと思います。コミカライズは目標というか個人的な夢だったので、実現して楽しい気分でいっぱいです。コミカライズが実現できたのは読者の皆様が「ヤンキー清水さん」をたくさん応援してくれたからだと思います。本当にありがとうございます。コミカライズ共々、今後も「ヤンキー清水さん」をよろしくお願いいたします。

重大発表も終わったのでほっと一息。次は「ヤンキー清水さん」三巻を書き終えての感想を書いていきたいと思います。私が三巻を書き終えて思ったことは遠い所まで来たなぁということです。私は元々短編小説を専門に書いていたので、一つの物語にそこまで長く向き合ったことがありませんでした。なので「ヤンキー清水さん」は私が初めて一年以上書き続けた作品になります。私一人ではここまで書き続けることは不可能だったと思います。周囲の人々や担当編集者様の支援、そして皆様の応援があったからこそ「ヤンキー清水さん」を三巻まで書き続けられたのだと思います。二度目になりますが、ありがとうございます。

さて、次は何について話していきましょうか。「ヤンキー清水さん」三巻の中身について触れたい気持ちもあるのですが、私のようにあとがきから読む人もいるかもしれないのでここではあまり触れないでおきます。

話すこと……。読者の皆様はあとがきで何が知りたいと思うのでしょうか。作品に関してのことなのか、私個人についてのことなのか、はたまた全く違うことについてなのか。少し気になるかもしれません。

また他にも私個人として読者の皆様が「ヤンキー清水さん」の登場人物の中で誰が好きなのか、どんなところが好きなのか、どんなシーンが好きなのか興味があるため機会があればどこかで聞きたいなと思います。

気になることについてはここまでにしたいと思います。話す内容もなくなってきたので、ここからは少しだけ夢について話していきたいと思います。私の夢の一つは自分の書いた作品が書籍化されることでした。それが叶《かな》った今、次に叶えたい夢は「ヤンキー清水さん」を一人でも多くの人に楽しんでもらうことです。叶ったかどうか分かりづらいこの夢ですが、いつか叶ったと思える日が来ればいいなと思います。そのために私もできることを頑張りたいと思います。

最後に感謝を。三巻執筆中、どんな時でも私のサポートをしてくださった担当編集者様、一巻、二巻から引き続き、表紙や小説内のイラストのみならず、リバーシブルカバーや有償特典イラストについても登場人物を魅力的にそして素敵に描いてくださったハム様、最後に重ね重ねになりますがここまで読んでくださった読者の皆様、本当にありがとうございました。それでは、ご縁がありましたらまたお会いしましょう。